のんびりVRMMO記 10

A L P H A L I G H T

まぐろ猫@恢猫
Maguroneko@kaine

アルファライト文庫

ナナミ
以前の道中で知り合った
プレイヤーキャラ。
猫人族の女性で
自由奔放《ほんぽう》な性格。
ツグミ（九重鶫《ここのえつぐみ》）
本編の主人公。25歳。
双子《ふたご》の妹達の親代わりで、
ゲーム世界では生産職に。
ヒバリ
（九重雲雀《ここのえひばり》）
双子の姉。13歳。
活発な性格で、
幽霊《ゆうれい》以外は
怖《こわ》いものなし。
主な登場人物
Main Characters

リグ
可愛《かわい》らしい蜘蛛《くも》の魔物。ツグミのフードの中が定位置。
メイ
二足歩行の羊の魔物。身の丈《たけ》より大きなハンマーが武器。
ヒタキ（九重鶲《ここのえひたき》）
双子の妹。13歳。あまり感情を表に出さないが、実は悪戯《いたずら》っ子。
ミィ（飯田美紗《いいだみさ》）
双子の幼馴染《おさななじみ》。13歳。外見に反し、戦闘大好きのハードゲーマー。

金曜日の朝。

目覚《めざ》ましに起こしてもらった俺――九重鶫《ここのえつぐみ》は、二度寝をしないよう気をつけながら、ゆっくり起き上がった。

大きな欠伸《あくび》をひとつしてから着替え、顔を洗うために下の階へ。

さっぱりしたらキッチンへ行き、エプロンを着用し、気合《きあ》いを入れて朝食を作り始める。

「美味《おい》しくて、栄養があって、お腹《なか》いっぱいになるやつ……」

呟《つぶや》きながら手を動かし、昨日風呂に入りながら考えていたものを作ろうと思う。

昨日のパンと、具材たっぷりのオムレツ。あまり合わないとは思うが、お味噌汁《みそしる》だ。

もう慣れたものなので手早く作っていると、双子《ふたご》の妹達、雲雀《ひばり》と鶲《ひたき》がパタパタ足音を響《ひび》かせ2階から下りてきた。

どちらが先にトイレへ駆《か》け込むかの勝負だったらしく、敗者鶲の「もぉぉ！」という慟《どう》哭《こく》が響く。

彼女が負けるとは珍《めずら》しい。

朝の恒例《こうれい》行事と化した争《あらそ》いが終わり、2人がリビングに入ってきたので挨拶《あいさつ》をしたりされたり。

作った料理をテーブルまで持って行ってもらったり、俺は飲み物を持って行ったり。

準備が終われば3人揃《そろ》っていただきます。うん、味は自画自賛《じがじさん》出来るな。


「ねぇねぇつぐ兄《に》ぃ、今日は金曜日だから長めにゲームしても良いよね？　時間かかるかもしれないんだぁ」

「やりたいことがいっぱいある。嬉《うれ》しい悲鳴。わぁ」

「そうだな。明日は休みだから多めにやっても大丈夫だ」

「ふへへ、やったね」

「ん、やったね」


雲雀の言う「ゲーム」とは、俺達がプレイしているＶＲＭＭＯ【ＲＥＡＬ＆ＭＡＫＥ《リアルメイク》】――通称Ｒ＆Ｍのことだ。

和気《わき》あいあいとした会話も楽しみつつ朝食を終え、学校へ行く雲雀と鶲を見送った。今日も元気いっぱいでなにより。

見送って家の中へ帰った俺は、いつものように家事。

やってもやっても終わらない、無限ループと化している作業。

今日はアレとソレとコレとソコと、と悩《なや》みながらも手を動かしていると、あっという間に時間が経《た》ってしまう。

確認を忘れがちな携帯《けいたい》電話を見ても、パソコンを見ても、誰からも連絡が無いので、捗《はかど》ってしまった感がある。

「……夕飯、夕飯、夕飯なぁ」

全世界の主婦の皆様が共通して悩んでいるであろう献立《こんだて》。

もちろん俺も例外ではなく、悩めば悩むほど他のことに神経が行ってしまうというかなんと言うか、簡単に言えば家事がより捗った。

残りのパンは夕飯に出来るほどではないけど、俺１人で食べきるのは無理な量だし。

「……」

ただでさえ静かな家に静寂《せいじゃく》が訪れる。

数秒思考を巡《めぐ》らせ、「あ」という呟きが静かなリビングに響き渡った。

今日の夕飯はグラタンにしよう。そうしよう。

なぜグラタンという答えに至《いた》ったのかは、よく分からない。

きっと、自分が食べたかったの一言に尽《つ》きると思う。うん。

そうと決まれば話は早い。グラタンは、食べるのは一瞬だけど、仕込みに結構な時間がかかる。

まぁ、どんな料理でもそうだけどな。

何のグラタンにするか考えつつ、手早く家事を終わらせてキッチンの中へ。エプロンを着《つ》ければ準備万端《ばんたん》。

グラタンにおいて一番大事なのはホワイトソースだ。まぁ……マカロニ派やチーズ派もいるだろうけど。

吹っ切れたというか、目標の出来た俺はパパッと料理を作れちゃう……いや、待ち時間も多いからそれなりに手際《てぎわ》よく作れたと思う。

「さて、あとはオーブンでこんがり焼き上げれば完成だ」

大きめの深型グラタン皿の、縁《ふち》ギリギリまでグラタンが入っており、これが焼き上がればさぞかしお腹が満たせることだろう。

このグラタンは1人1皿、家にあるオーブンはひとつ。焼き上がるのにも時間がかかるので、とにかくさっさとグラタンをオーブンに入れて焼くんだ！　って感じ。生焼《なまや》けはダメ絶対。

っと、そんなこんなをやっていたら家の外が暗くなり、玄関が騒《さわ》がしくなって、雲雀と鶲が帰ってきた。

2人はまず、手洗いとうがい。しばらくすると、リビングの扉が開かれた。

彼女達は、リビングに入ったらすぐさまくんくんと鼻を鳴らし、キッチンテーブル越《ご》しに俺を見てくる。ちょっと笑ってしまった。

「はは、お帰り。雲雀、鶲」

「うん！　ただいま、つぐ兄ぃ。美味しそうな匂い～！」

「ただいま。くんくん、これはつぐ兄《にい》お手製グラタンの匂い」

部活で思いきり運動したからか、グラタンの焼ける匂いに、空腹《くうふく》が刺激されているようだ。

でも出来上がるにはまだまだ時間がかかる。

美味しそうな匂いにうっとりしている2人に、お風呂を勧《すす》めてみる。もちろん即承諾《しょうだく》。

「んんー、そうだなぁ。パンとグラタンだけじゃ野菜が足《た》りないし、サラダでも作りますか」

用意するのは、ジャガイモとレタスとトマトと塩コショウ。

簡単に説明すると、適当な大きさにジャガイモを切って、レンジでチンして、適当に塩コショウしながら潰《つぶ》して、これまた適当に切ったトマトとレタスと共に皿へドン。

ほぼレンジでチンで出来た一品。頑張《がんば》って潰したから手抜きではない、はず。

いつもは雲雀達が手伝ってくれるけど、今日は自分でテーブルに並べようかな。

オーブンでグラタンが焼き上がるまで、手持ちぶさただしね。

ゆっくり配膳《はいぜん》しているとグラタンが焼き上がり、飲み物を用意して椅子《いす》に座ったところで、ちょうどお風呂上がりのホカホカ雲雀と鶲が現れた。

本当に良いタイミングだ。

しきりにお腹を擦《さす》りながらのっそり歩く雲雀と、素早くサッと席に座ってグラタンをロックオンする鶲。双子だけど、こういうところで性格が出て面白《おもしろ》い。

揃って食べるときは、基本的に俺が「いただきます」をするので、今か今かと2人は待っている。

「いただきます。グラタン熱いから気をつけて食べるんだぞ」

「いっただっきまぁ～す！　あつ、あっつ、うま、うまっ！」

「いただきまふはふ」


雲雀と鶲に続いて、俺も食べ始めた。

熱々のグラタンは、口の中に入れると大惨事《だいさんじ》を引き起こしかねないので気をつけよう。

十分に冷ましたグラタンをパンの上に載《の》せ、ぱくりとひと口。

中にも上にもたっぷりのチーズと、ぷりっとしたマカロニが良い味を出していて最高だ。

一心不乱《いっしんふらん》に食べていると、ふと雲雀が今日の予定について話し出す。

「あふっ。そうそうつぐ兄ぃ、今日の予定なんだけど、豪華《ごうか》二本立てにしようと思うよ！

美紗《みさ》ちゃんたってのお願いと、なんだか面白そうなやつ」

「がんばって捻《ひね》った。楽しんで欲しい」

鶲が器用に食べながら、うんうんと頷《うなず》いた。

「そうだな、すごい楽しみだ」

……双子の友達である美紗ちゃんのお願いは、わりと簡単に想像がつく。

あぁいや、想像と違うかもしれないから、決めつけるのはよそう。

夕飯を食べ終わったら、いつものように食器をシンクに置いて水に浸《つ》ける。

ご満悦《まんえつ》な表情を浮かべてお腹を擦っていた2人はゲームの準備。

渡されたヘッドセットを持つ俺の横で、雲雀がパソコンに向かってキーボードをカタカタ。

美紗ちゃんと連絡を取り合っているらしい。

諸々《もろもろ》の準備が終わったら、皆でヘッドセットをかぶり、横についているボタンを押す。

すると、すぐさまゲームの世界へ誘《いざな》われた。

◆　◆　◆

大都市アインドの噴水《ふんすい》広場。

俺がログインしたと同時に、美紗ちゃん、いやミィから参加申請が来て、あまりの早さに少し笑ってしまった。

ヒバリとヒタキがログインして、次《つ》いでミィも現れる。ペットのリグ達も喚《よ》び出すと、俺の周りは一気に賑《にぎ》やかになった。

そしてとりあえず広場の端《はし》に移動。

「今日もよろしくお願いいたしますわ、ツグ兄様」

「あぁ、今日もよろしくな」

人気《ひとけ》の無い端の方に移動し終えて軽く挨拶。

ミィは今日をとても楽しみにしていたようで、狼の耳と尻尾《しっぽ》がぶんぶんとフィーバー状態だ。

じっくりゆっくりたっぷり楽しむらしいし、まずはミィたってのお願いとやらを、やってみるのかな。

ヒバリが言っていた、なんだか面白そうなやつ、ってのも気になるけどな。

どうせどっちもやるんだから気にしなくていいか、と心の中で自分にツッコミを入れ、楽しそうにしているヒバリとヒタキの方に視線を向けた。

それだけで彼女達は、俺がなにを言いたいのか分かったらしく、しっかりと頷いてミィにコソッと話しかける。

俺によじ登ってきたリグの背中を撫《な》でつつ、話が終わった３人が口を開くのを待つ。

「とりま、朝っぱらから、ミィちゃんたってのお願いである、巨石のゴーレム退治ってクエストやろう！」

元気なヒバリから言われたのは、やはりミィのお願いで、モンスター退治系のクエスト。ゴーレムって、あの大きな岩の塊《かたまり》で、ええと物理攻撃でぶん殴《なぐ》ってくるってやつ？

「はい！　ゴーレムはとても硬《かた》い魔物のようです。ですが体のどこかに魔石が露出《ろしゅつ》しているので、そこが弱点とのことです」

「ん、攻略掲示板で対策はバッチリ」

ミィとヒタキが楽しげな様子で乗っかり、足元を見ればメイがピョンピョン跳《と》びはねて、鼻息を荒《あら》くして今か今かと待っている様子。

「というわけでツグ兄ぃ、ギルドに退治クエスト受けに行こう！」

「はいよ」

そんなこんなで皆を連《つ》れギルドに行き、巨石のゴーレム退治って依頼書を、クエストボードからペリッと引き剥《は》がした。

もしかしたら、防御力が高くて倒すのに時間がかかるかもしれないから、と受けるクエストはこれだけ。もしかしたらを考えられるって、素晴らしいとお兄ちゃん思うぞ。

【街道《かいどう》を塞《ふさ》ぐ巨石のゴーレム退治】
西の門から道なりに進むと、街道を大きな岩の塊が塞いでいます。騎士団の調査によるとゴーレムの反応を示しており、魔物退治専門の冒険者への依頼となります。ゴーレムは攻撃力、防御力共に規格外《きかくがい》ですので、お気をつけください。
【依頼者】冒険者ギルド（NPC《ノンプレイヤーキャラクター》）
【ランク】E～C
【報酬《ほうしゅう》】討伐《とうばつ》完了で5万M《ミユ》

受付も混んでいなかったのでスムーズに進み、軽い説明を受けて俺達はギルドをあとにした。

クエストの場所が少し遠いこともあり、噴水広場に戻らず歩きながら作戦会議だな。

街の中は人が多くて、話しながら歩くのは至難《しなん》の業《わざ》だけど、門をくぐって外に出れば、人の数は数えるほど。

クエスト内容の確認やゴーレムの特徴《とくちょう》など、色々と話しながらのんびり歩いて行く。

こちらの道は冒険者が数人いただけで、行商人などＮＰＣの姿はなかった。まぁ当たり前か。

15分程度歩いていると、巨大なゴーレムであろう岩が現れる。

「攻撃するか、めっちゃ近づくと、起き上がってきて戦闘になるって、受付の人が言ってたよね。この辺はピクリともしない」

「ん。いつも通りの作戦で行く。あとは臨機応変《りんきおうへん》で頑張る」

「相手は岩の塊ですので、剣より拳より、打撃の鬼である大鉄槌《てっつい》が弱点だと思われます。あと、関節も弱点かもしれませんわ。それに魔物ですもの、とにかく殴れば倒せると思いますの。ふふ、ちょっとはしゃぎすぎですわね」

ゴーレムの周りには白線が引かれており、騎士団の人達が頑張った証《あかし》かと、１人で納得してしまう。

俺が戦うとかではないからアレなんだけど、とりあえず戦ってみるしかないと思う。

ヒバリ達が、勝負にならない強敵に挑《いど》むとは思えないしな。安全第一。

作戦会議などは彼女達に任《まか》せ、俺はゴーレムであろう大きな岩を眺《なが》めてみる。

大きさは俺を縦《たて》に３人分、横に３~５人分ってところか。

色は、白と灰色が混じった普通の岩という感じで、土や赤茶色の汚《よご》れがついている。これはご愛嬌《あいきょう》かもしれない。

どうやら作戦は、ヒバリがゴーレムの攻撃を引き受けるタンク。

ヒタキが小桜と小麦を連れて遊撃《ゆうげき》。

ミィはメイと左右からゴーレムをひたすら攻撃。

リグは俺の護衛《ごえい》で、俺はＨＰＭＰ回復係と、いつも通り。

パーティーのバランスが良いから、レイドボスでもない限り倒されるってこともないだろう。

ヒタキが、周囲に巻き込まれそうな人などがいないことを確認。

皆で決めた場所に着くと、ヒバリが盾を構え剣を振りかぶり、ゴーレムに叩き付ける。

「んじゃあ、私がヘイト稼《かせ》ぐまでちょっと待ってから攻撃始めてね！　いくよ~、さぁんにぃ、いち、おんどりゃ……硬っ！」

カーンという、もの悲しい音が鳴り響いた。やはり鉄の剣だとしても、石を斬《き》るのは難《むずか》しいよな。

「ヒバリちゃん剣はゴーレムの継《つ》ぎ目、盾は平面を殴ってくださいな！」

「あっ、うん！　良し、ターゲットは私に固定したよ！」


ヒバリ達が戦い始めて少し経った。

ゴーレムの攻撃力が高いので、ヒバリのＨＰが勢いよく減《へ》るときがある。

それに合わせ、俺はポーションを投げる。

リグにはゴーレムの顔を目がけて糸を吐《は》いてもらう。

一瞬で払われてしまうんだけど、動きが雑になったりするので、多少の効果はあると思いたい。

ゴーレムの攻撃で一番厄介《やっかい》なのは、自分の関節などを無視した３６０度全方位振り払い、かな。ヒタキのシャドウハウンドが一撃で全て倒されてしまうんだから。


「……むぅ。弱点、どこだろ？」

スキル【ＭＰ譲渡《じょうと》】をヒタキに施《ほどこ》していたら、ふとそんな呟きを残してまた走って行く。

そう言えば、体のどこかに露出してる弱点の魔石があるって……ど、どこに？

ゆっくりじっくり見ることの出来る俺でさえ見つけられず、ミィとメイが打撃でチマチマとゴーレムのＨＰを削《けず》っていく。

どうやらこのゴーレムは再生能力を持っているらしく、戦闘が長引きそうだな。

そんなこんなでヒバリにＨＰポーションを投げていたら、不意にミィがヒバリへ声を張り上げた。

「ヒバリちゃん、ゴーレムの様子が変ですわ！」

ゴーレムになんだか赤いモヤのようなものが漂《ただよ》い始め、ヒバリは、キツいながらも捌《さば》いていた攻撃を連続で食らうようになった。

いったん下がって体勢を立て直した方が良いんじゃ無いか、そんなことを言う間もなく、ゴーレムの拳がヒバリに直撃した。

一瞬でＨＰが消し飛び、光の粒《つぶ》となって消え去る。

ヒバリが「ぴぇっ！」と意味をなさない言葉を最後に消えたのは少し面白かったけど、彼女がいないと俺達は色々マズい。

敵の３６０度攻撃で、範囲外にいた俺とリグ以外は全滅《ぜんめつ》。ちょっと敵の強さを見誤《みあやま》ってたな。

すると何もなかったように、ゴーレムは丸まった大きな岩の姿を取った。

範囲内に入らなければ良いのか、攻撃をしなければ良いのかよく分からない。

「白線の外側《そとがわ》にいる俺達には目も向けない。お金減っちゃうから、このままダッシュでアインドに戻ろうか、リグ」

「シュ～」


(´；ω；`)


しょんぼり落ち込むリグの背中を撫で、クルッとゴーレムに背を向け走り出す。

噴水広場に戻ればヒバリ達もいるはず。転《ころ》ばないように気をつけないと。

◆　◆　◆

皆がいなくなってしまい、リグを抱《かか》えて小走りでアインドへ戻る。

大通りを抜けて噴水広場へ行くと、隅《すみ》っこの方に、ガックリ肩を落としているヒバリ達がいた。

俺が近寄ると、メイや小桜小麦がパッと顔を上げ、それに合わせて顔を上げ、一気に口を開くヒタキ、ヒバリ、ミィ。

「……む、ステータス下がったしお金もちょっぴり失った」

「めっちゃ悔《くや》しい〜！」

「ファンタジーは脳筋《のうきん》だけではダメですのね……」

そう言えば、初めて死に戻りってやつ？　をしたな。

ステータスが下がって、お金も失うというペナルティがあって、ステータスが下がる時間は1時間だっけ？

落ち込んでいた彼女達も、少し経てば元気を取り戻し、早速ゴーレムを倒すための作戦を立て始めた。

弱点が露出していないゴーレムなら、高火力で一気にＨＰを削りきる。

物理耐性のあるゴーレムなら、魔法攻撃。

他にギミックと呼ばれる仕掛けがあるなら、それをどうにかすれば弱体化するとかなんとか。

ヒタキが攻撃の合間《あいま》に、ゴーレムの様々なところをスクリーンショットしていたので、じっくりねっとりと弱点を探《さが》す。

「石っぽいのは無い……」

ヒタキが頑張って撮《と》ったスクリーンショットを見ても、ミィが言っていた魔石の露出は無い。

うーん、いつものチーム編成に魔法とか全部盛《も》りすれば行けるかな……って、これがいわゆる脳みそ筋肉かもしれない。

負けたことによるペナルティがあるから、再戦は時間が経ってからだけどな。

失った分のお金を俺が渡すと、ヒバリ達は屋台へ走って行ってしまった。

お菓子や買い食いにはあまり興味ないし、俺はリグ達と大人《おとな》しく待つことにした。

暇《ひま》なのでスクリーンショットを眺める。

魔石なぁ……頭の天辺《てっぺん》にも無いから足？　いや、関節とか見えない場所？　脇《わき》？　太股《もも》？

「……んん？　いーえむいー、てぃーえいち？」

頭にある溝《みぞ》に、微《かす》かな文字が彫《ほ》られていることに気づいた俺は、視力の限界と戦いながら一文字一文字読んでいく。

ｅｍｅｔｈ？　読み方はそのままで良いのかな？

そんなことをしていたら、ヒバリ達が屋台巡りから帰ってきた。

もちろん両手には戦利品が握《にぎ》られ、口をモグモグさせたヒバリが俺の手元を覗《のぞ》いてくる。

「ふぇへ？」

「……ヒバリちゃん、口にものがあるときはしゃべっちゃダメ」

「あ！　そうでした。ゴーレムには大概《たいがい》、エメスと書かれているのがお約束でしたわ。確か真理、生命を吹き込むという意味です。こちらもお約束なのですが、頭のｅを消してメスにすると、自壊《じかい》するのです。ここを狙《ねら》えば次は勝てますかしら？」

ミィがお約束と口にしていることから、ゲームのゴーレムにはよくある展開らしい。

敵の弱点が分かったと言っても、その文字が彫り込まれているのは、頭というか、額《ひたい》にある真一文字の溝。狙って消すには難しい位置だ。

弱点があるなら余裕余裕と、やっとの思いで肉を呑《の》み込んだヒバリが、作戦会議を始めた。

ヒバリがゴーレムの敵愾心《てきがいしん》を煽《あお》り、ミィとメイが攻撃などは変更なし。

しかし、なんと今回、重要な役割を持つのは小桜と小麦。

2匹のにゃん術で、ひたすら頑張って文字を削ってもらおうって寸法だ。

もちろん俺はヒバリにポーションを投げる係。

リグはゴーレムの関節に糸を吐いて行動を阻害《そがい》する係で、ヒタキは遊撃隊としてサポート。

そんなこんなで色々と話していたら、ステータスダウンも終わり、ヒバリ達がとてもやる気に満ち溢《あふ》れている。やる気があるのは良いことだ。


「よぉ〜し、第2回戦に向けて出発〜！」


元気の良いヒバリのかけ声と共に、俺達は再び歩き出す。

先ほどと同じだけの時間をかけてゴーレムの場所へたどり着き、鎮座《ちんざ》している大岩を確認。

近寄らなければ大丈夫っぽいけど、いつ暴《あば》れ出すか分かったものじゃ無いからな。とりあえず位置について準備しよう。

ゴーレムの正面《しょうめん》にはヒバリ、左右にミィとメイ、ゴーレムの後方にヒタキ、ヒバリの後ろの方に小桜と小麦。

リグは俺の頭から下りて、元気良くピョンピョン飛び跳《は》ねていて、すごく可愛《かわい》いと思いました。

皆がポジションにつくと、ヒバリの一撃と共に戦いが始まる。

「メイ！　足の関節を狙いますわ、出来れば折りますわよ！」

「めめっ！　めぇめめぇめ！」

(`・ェ・´)ゞ
「ふっふっふ、今回は全部の攻撃を受け止めてみせるんだからね！」

俺はポーション係なので、ゴーレムからの攻撃が来ない場所にいる。

やはりゴーレムの大振りな攻撃が掠《かす》るだけでも、ヒバリのＨＰがゴリッと削られてしまう。

俺はすぐさまヒバリにＨＰポーションを投げ、補填《ほてん》出来たことを確認してホッとする。

ひたすら投げるだけの簡単なお仕事……ただし気を揉《も》む。

「この攻撃は横に飛んで、斜《なな》めからの振りかぶりは盾を当ててそらして、正拳突《せいけんづ》きも横に飛ぶ！　あとぶん回しは後ろに飛ぶ！」

前回の戦いからなにかを学んだヒバリは、大きな独《ひと》り言《ごと》を呟きながら、自分の何倍もの体格差があるゴーレムの攻撃を、避《さ》けたりそらしたりと忙《せわ》しない。

若干《じゃっかん》ハラハラしながら見守っていると、ヒタキが大きな声で「あ！」と言うので、そちらに視線を向ける。

彼女が両手に持っていたナイフの1本が無くなっているので、多分それ関係だと思うけど。

「ナイフ投げたら関節に刺さって抜けなくなった。がっくし」
「メイ聞きましたわね！　あのナイフを狙って大鉄槌を打ち付けなさい。きっとゴーレムの足が壊《こわ》れますわ！」
(>ェ<)ゝ
「めっ！」

ヒタキの悲しい嘆《なげ》きに反応したのはもちろんミィで、的確にメイへ指示を出した。

ヒタキがナイフを見て、なんとも言えない表情を浮かべているけど、これも魔物を倒すための尊《とうと》い犠牲《ぎせい》ということで諦《あきら》めてくれ。

よそ見をしていると思われそうだけど、ヒバリにポーションを投げる作業を忘れてはいない。

あと、小桜と小麦にはＭＰポーションかな。

何度もにゃん術で頭の溝にある文字を消そうと頑張っているが、さすがにゴーレムも自身の弱点だと分かっているのか、しっかり手で守るので上手《うま》くいっていない。けど、守るものがたくさんあるのは大変らしい。どんどんゴーレムの動きが鈍《にぶ》ってくる。

リグが何をしているのかと言うと、頑張って糸を吐いているんだけど、ゴーレムに通用するわけも無く、ちょっと落ち込み気味《ぎみ》の背中が悲しい。

チラッとこちらを見たので、手招《てまね》きで呼び戻しておいた。

そしてＨＰが半分を切ったヒバリの背中に向け、ＨＰポーションを放る。よし、投擲《とうてき》成功率は６割だ。

卓越《たくえつ》したジャンプ技術により俺の頭に着地したリグに、簡単な提案をしてみる。

「リグ、俺のＭＰも全部使って、強い糸吐けるか？」

(`・w・´)
「シ、シュッ！」

「ゴーレムに一泡《ひとあわ》吹かせてやろう」

(。・w・。)b
「シュッシュ」

妹達のために、一瞬の隙《すき》を作ることが出来れば、って感じ。

リグからＯＫをもらったので、俺は早速行動に移すことにした。

◆◆◆

リグ自身のMPと、俺の【MP譲渡】で渡したMPを使い、しっかりがっしりした糸を、投網《とあみ》のように投げてもらう。

ゴーレムは邪魔《じゃま》くさそうに糸を払うも、今度はちゃんとまとわりついた。

ゴーレムが腕を振り上げた瞬間、リグの体がフワッと持ち上がったので、俺は糸を掴《つか》み踏ん張った。

なんとなく読めてはいたけど、俺が踏ん張っても、あの岩で出来たゴーレムに力で勝てはしない。

そして、俺とリグは面白いくらい簡単に宙を舞った。

わぁ、良い天気だぁ。

「ふぁっ！　あばばば！　ツグ兄ぃが空飛んでるんですけど！」

「でも今が攻《せ》め時ですわ！　メイ！」

(`・ェ・´)

「めっ！」

俺とリグが空を飛んだことに驚《おどろ》いたヒバリだったが、彼女以外の対応は早い。

ミィとメイの猛攻《もうこう》が始まった。

時間がゆっくり進むのを感じながら、俺は来《きた》る衝撃《しょうげき》に備《そな》え、体に力を入れた。

俺がリグを離《はな》せばスマートな着地が出来るかも、なんて思ったが体は動かない。

痛くないから大丈夫だと信じて目を瞑《つむ》る。


「おーらぁーいおーらぁーい」


ヒタキの間延《まの》びした声が聞こえて、衝撃の代わりに細くて柔《やわ》らかいものに包まれた。

恐る恐る目を開くと、珍しく満面の笑《え》みを浮かべたヒタキの姿。

お姫様だっこ……いや、コレは横抱きでただの救助活動。気にしたら負け。

上機嫌なヒタキと苦笑《にがわら》いの俺が顔を見合わせていると、ガラガラと大きなものが崩《くず》れる音がして、ヒバリが声を張り上げた。


「よっし！　ゴーレム倒した！　ひぃちゃん、ツグ兄ぃは！」

「ん、無事。リグも無事」

「シュ～」

ヒバリに返事をするヒタキの肩越しに視線を向けると、あれだけ大きな敵だったゴーレムが岩の塊と化し、光の粒となって消え去ろうとしていた。

って、早くヒタキから下りないと。

「た、助かったよヒタキ。ありがとう」

「ん」

ちょっと恥《は》ずかしいけれど、ヒタキの機転《きてん》によって俺とリグが助かったので、ちゃんとしっかり感謝しなければ。

それにしても、もう少し考えて行動しないとダメだな。

俺の作戦は、ゴーレムじゃなくてヒバリを一泡吹かせた感じになってしまったし。反省。

ゴーレム戦は俺とリグが空を舞った一瞬に決まり、トドメの一撃は、小桜と小麦のにゃん術だったらしい。

俺達の糸を振り払うため片腕が使えず、もう一方の腕はヒバリの相手。

すると足元ががら空《あ》きになるので、ミィとメイがゴーレムの関節に刺さっているナイフを執拗《しつよう》に狙い、狙い通り足に亀裂《きれつ》を入れることに成功する。

ゴーレムは石で出来ていて重いので、自重《じじゅう》に耐えられず、片足は崩れ去った。

片膝をついた分ゴーレムの頭も下がり、チャンスとばかりに小桜と小麦がにゃん術で攻撃。

あとは時間の問題ですぐに倒すことができ、今に至るってわけだ。

俺も一応役には立ったわけだけど、自分とリグの身を危険にさらしているので落第点《らくだいてん》だな。

「ゴーレム倒したし、ギルドに報告してから反省会でもする？」

武器をしまったヒバリが俺達を見渡し、とりあえずといった感じで提案した。

ヒタキがヒバリの近くに寄り、至極《しごく》真顔で「ギルドには行くけど、私は過去を振り返らない女」と一言。皆でひとしきり笑ってから、アインドへ向かう。

「過去は振り返らないにしても、今回の作戦はもう少し練《ね》った方が良かったのは確かですわ。情報収集も不十分でしたものね。情報は世界を制しますのに」

「んん〜、私達は屍《しかばね》を越《こ》えて前進するのです」

「む、自分達の屍で前進する件について」

楽しそうに話しながら歩くヒバリ達の後ろに、俺とペット達が続く。

リグは俺の頭の上にいるから良いとして、メイや小桜、小麦は疲れてないんだろうか？

視線を落としメイ達を見ると、それはそれは元気な姿が目に映った。スキップしそうな勢いだ。

元気なのは良いことだ。うん。

ヒタキ大先生のスキルのおかげで、魔物に絡《から》まれること無くアインドに帰還《きかん》。

ささっとギルドにゴーレム退治の報告をして、いつものように噴水広場の端《はし》っこに陣《じん》取《ど》った。

するとヒバリが「ねぇねぇ、こいつを見て」と、自身のインベントリからアイアンバックラーを取り出す。

アイアンバックラーは真ん中が大きくヘコんでおり、その他にも大小様々なヘコみがあって、もはや盾としての機能は無さそうだ。

もちろん説明文には破損《はそん》と書いてあり、次は鍛冶屋《かじや》へ行かないと……かな。

ところが、ヒバリは盾をしまい、俺に向かって両手を突き出してきた。

「むふ～、お駄賃《だちん》くれたら鍛冶屋さん行ってくるよ」

「え、ついていかなくても良いのか？」
「お駄賃！　お駄賃！　お、だ、ち、ん！」
「えー。まぁ良いけど」

見る者も楽しくなるニコニコ笑顔で手を差し出してくるものだから、俺はお正月にお年玉を孫《まご》へあげる祖父母《そふぼ》の気分を味わいつつ、多めにお駄賃を渡した。

ヒタキもミィもついて行くだろうし、なんか食べたいものがあったら買ってお食べ、って感じで。

「じゃあ行ってきます！」
「ツグ兄ぃ、お留守番《るすばん》よろしくね」
「めっめめぇめ～！」

ヽ(・エ・)ﾉｼ

元気に走り去っていくヒバリ達3人を見送り、俺とメイ達は芝生《しばふ》の上に座って、ちょっと休憩《きゅうけい》。

仲の良さそうな親子が座って、ベンチが全て埋《う》まったので、たまにはこういう自然を感じられる場所に座ればいいと思う。

寝転がってる人もいるけど、それはしなくていいや。

インベントリの隅にちょっと残っていたクラーケンボールを取り出し、期待に満ち溢れたリグ達に渡そうとすると、違うと首を横に振られた。

これはもしや、マシュマロキャッチを、このクラーケンボールでやって欲しい、と？

受け止められる自信があるなら良し、俺の投げで良ければやろうじゃないか。

右からリグ、メイ、小桜、小麦が横一列に並び、俺がクラーケンボールを投げるのを今か今かと待ちわびている。

そこまで数が無いので、クラーケンボールを4つに割り、まずはリグへ軽く投げる。

リグは少し身を屈《かが》め、簡単だと言わんばかりに跳び上がり、クラーケンボールをくわえ、クルッと前転して着地した。

幸せそうに口をモグモグさせていて可愛らしい。

「素晴らしい運動神経を持ってるみたいだな。ほい、ほいほい。おー、ちょっと羨《うらや》ましい」

手放しで褒《ほ》めてあげたいが、クラーケンボールを持っているし、メイと小桜小麦も投げて欲しいと待っている。

ポンポンポーンっと軽く投げると、メイも小桜も小麦も、軽《かろ》やかな動きでくわえてモグモグ。

3回それをやって、在庫がなくなりおしまい。美味しく楽しめたはず。

(*･ω･人･ω･*)

「「にゃにゃっ」」

「ん？　あ、帰ってきたな」

小桜と小麦が小さく鳴きながら俺の方を見て、プイッと顔を背《そむ》けた。

その先を見ると、ヒバリ達がホクホクした表情を浮かべ、帰ってくる姿が見える。

妹達はクレープのような、具材をなにかで巻いた食べ物を持っていた。

本当に色々売ってるんだなぁ。

◆　◆　◆

ヒバリから肉巻きクレープを受け取り、俺は興味津々《しんしん》のリグと一緒に食べ始めた。

座ったヒバリ達もメイ達と食べ始め、ゆったりとした時間が流れる。

リグに食べさせるのが楽しく、俺はほとんどあげてしまった。

残った紙ゴミを地面に置くと、規定の時間待てば消え去る。

同じく食べ終えたヒバリが自身の口をグィッと拭《ぬぐ》い、俺の方を見た。

「さて、一大イベントはまだ終わってないよ～！」

「そうですわね。たくさん考えたイベントが残っておりますの」

ミィもヒバリの言葉を肯定《こうてい》するように頷き、手を合わせてニッコリ微笑《ほほえ》む。

ゴーレム退治で一大イベントが終わった気でいたけど、楽しそうな彼女達を見れば、それが間違いであることは一目瞭然《いちもくりょうぜん》。

くふくふと謎《なぞ》の声で楽しそうに笑うヒバリを横目に、ヒタキがウインドウを開いて見せてきた。

覗き込むと……ええと【子供職場体験・アインド騎士団】か。

騎士団の職場体験って、具体的にはなにをするんだ？

俺の気持ちをヒタキは察したのか、画面をスクロールして体験内容の場所を指で示す。


【子供職場体験・アインド騎士団】
・15歳以下のお子様を対象としており、勇敢《ゆうかん》なアインド騎士団の職場体験をすることが出来ます。

・保護者の方の付き添《そ》いを必須《ひっす》とさせていただきます。
・職場体験の主な任務《にんむ》は、市民の安全を守る見回りです。
・見回り時は随行員《ずいこういん》の指示に必ず従《したが》ってください。

主な内容はこんな感じか。

見回りついでに、市民へのアピールの意味合いもありそうだ。

騎士団員について回った市民が、憧《あこが》れて入団してくれたら良いな、って思惑《おもわく》があるかもしれない。推測だけども。

「ここでしか体験出来ないイベント、それは騎士団の職場体験」

「子供向けですので大したことはいたしませんが、普通では出来ないことはとても心が躍《おど》りますわ」

「ツグ兄ぃ、一緒に見回りして治安守ろう〜！」

「ツグ兄がいないと無理、だから」

答えはもちろん「良い」に決まっているので、俺はしっかりと頷いた。

でも……と、暗くなってきた空を見上げる。

ゴーレムとの戦闘に意外と時間を取られたので、今から職場体験をすると遅《おそ》くなってしまう。仕切り直ししないと。

「HPとMPも回復させたくないか？　ほら、空も暗くなってきたし、宿屋で一泊した方が良いんじゃ」

「あら、そうですわねぇ。ええと……」


ヒバリ達に言い聞かせるよう大きめの声で話し、空や大通りを指し示すと、ミィが頷き視線をウロウロさせた。

ヒバリはメイ達を愛《め》でることに夢中で、頼《たよ》れるのはやっぱりヒタキ先生。

ヒタキが選んでくれた宿は、料理が美味しくて、いっぱい食べられるところ、とのこと。

どうやらポンドステーキも真《ま》っ青《さお》な、特盛りステーキを出してくれるらしいぞ。

ジャガイモと甘く煮《に》たニンジン、コーンもたっぷり付け合わせで出てくるとかなんとか。

いっぱいたっぷり食べるヒバリ達が満足出来そうなので、なるほど納得。


「じゃあ行こう！　目指すはお肉だぁ～！」

「「にゃんにゃ～ん」」

宿屋は大通りに面しており、冒険者やら食事を食べに来た人達で、食堂は大盛況《だいせいきょう》。

部屋はすぐに取ることができ、鍵《かぎ》を受け取ってから食堂へ。

他の客が肉を食べたりお酒を飲んだりと騒いでいるので、空《す》いている場所を見つけるのも一苦労だ。

すると、俺達が席を探していることに気づいた冒険者達が大雑把《おおざっぱ》に皿を退《ど》け、場所を空《あ》けてくれたので、お礼を言ってから着席する。

メニューなんてあって無いようなもので、肉！　酒！　おかわり！　で通じている。

ステーキセット、ジュース、お酒、水があるらしい。周りの人に教えてもらった。

ステーキセットを４つ、ジュースを８つ頼《たの》むと、事前に用意されていたかのような手際の良さで、すぐテーブルに並ぶ。

熱々な湯気《ゆげ》を立てている肉の塊にヒバリ達は目を奪《うば》われ、俺はちょっと遠い目をしながら自身のジュースをひと口。

ん？　これはミカンジュースか。

「んん～、おいひぃ～！」

「えぇ、肉汁が骨身に沁《し》み渡りますわ」

「ん、これには野菜好きなヒタキさんもニッコリ」

「とにかく肉！　って感じがたまらなぁ～い！」

ヒバリが熱々ステーキを大きめに切り分け、冷ますのもそこそこにパクリとひと口。目を輝かせたかと思うと、ステーキを切り小麦の口の中へ。

ミィもヒタキもステーキを食べてから頷き、ヒバリと同じようにメイと小桜にも食べさせている。

俺もリグにステーキを食べさせる。

リグが前脚を器用に動かして喜んでいる姿を見つつ、俺もひと口。

塩コショウでしっかりと味付けされているし、ニンニクや香草も使っているな。ソースは焦《こ》がしバター醤油《しょうゆ》風味。

最近、R&Mの料理が美味しくなったと思う。やっぱり料理ギルドのおかげなんだろうか。

「とても美味しく食べておりますが、リアルだったらこんなに食べられないですわよね」

「ん、現実なら3人でひとつを食べられるくらい。いっぱい食べられて最高」

とてもじゃないけど、妹達が1人で食べ切れる量ではない。俺でも厳《きび》しい量かもしれないな。

だけど余裕で食べ終えた俺達は、入店時と同じように少しばかり苦労して移動し、受付の横を通り抜け、部屋を探した。

「……1、2、3、飛ばして5、ええと6だからここか」

鍵に刻《きざ》まれている数字は6なので、手前から5番目が俺達の部屋。

昔から4は死を連想させるとか言われ、使われることはほとんど無いとか。

この宿屋は冒険者を相手にもしているから、余計に気を使ってるかも。諸説《しょせつ》ありってことで。

部屋の中は特徴もなく、ゆっくり眠《ねむ》ることが出来れば御《おん》の字といった感じ。

ヒバリ達は装備《そうび》をインベントリへしまって、ベッドに腰掛けた。

俺もコートを枕元に置き、その上にリグを乗せる。

リグは、ステーキを食べていたときは元気だったけど、食べ終わったらウトウト舟を漕《こ》いでいたからな。

そしてベッドに腰掛け、楽しそうな妹達の会話を聞きながら、ブーツとにゃんこ太刀《だち》をしまい横になった。

メイ、小桜、小麦は、３人と寝るから良いとして、寝過ごさないようにタイマーをかけておこう。

ええと明かりは……あぁ、枕元近くのスイッチで大丈夫そうだ。

「よし、俺とリグは寝るし、電気も消す。会話してても良いからな」

(*・w・*)/シ

「シュシュシュシュ〜」

会話が弾《はず》んでいるヒバリ達に一方的に告《つ》げ、枕元近くのスイッチを押して俺は目を閉じた。

ＨＰＭＰ回復のために宿屋へ来たから放って置いても大丈夫だ、と思いたい。

◆　◆　◆

アラームが鳴る。

何度経験しても、一瞬で時間が過ぎてしまう感覚に慣れない。

気にしたら負けの精神でアラームを止め、ムクリと起き上がれば、まだヒバリ達は寝ていた。

いつまで起きていたのかはしらないけど、ＨＰとＭＰは回復しているから、規定の時間はキッチリ寝たらしい。

「……いつ頃起きたいとか言ってたかな」

これは聞いてなかったな。

コレは俺のミスだ、反省しておこう。

隣《となり》に寝ているヒタキを起こすと、「もう大丈夫」の一言が返ってきて、ヒバリとミィも起こしていく。

装備を整《ととの》えてから受付に鍵を返し、朝食を食べて宿屋をあとにする。朝からステーキ、なんてことは無かったのでホッとした。

宿屋を出た俺達が向かったのは、もちろん噴水広場。

今日の予定は子供職場体験。予約はいらないとか、受付時間は朝の9時からとか、3時間かかるとか。

ほとんど観光になりそうだなぁ、って思ったのは内緒。

「ゆっくり歩きながら、もしくは買い食いしながら行くと、ちょうどいい具合の時間に着きそうだね！」

インベントリを開いて、ゲーム内時間を見ていたヒバリが元気良く話しだし、俺は少し考えてから彼女に問う。

「……買い食いしたいだけじゃないのか？」

「そっそそそっそそそんなことないよぉー、ほんとほんと」

すると図星《ずぼし》だったのか「えへへ」とはにかんだ笑みを浮かべるヒバリ。

ヒタキとミィはそんなヒバリを見てほっこりしていた。

受付に、9時までに行く必要はないからな。ゆっくり行こう。

ええと、目的の場所は騎士団の詰《つ》め所らしく、大通りから城へ向かう中ほどの建物……だな。

灰色の石材で出来た詰め所は大きく、屋根が青く、周りの建物より目立っている。

警察署などの役割もあるから、目立ってなんぼ、ってやつかもしれない。多分だけど。

屈強《くっきょう》な騎士達が行き来する詰め所を恐る恐る覗けば、中は意外にも清潔《せいけつ》な雰囲気《ふんいき》で、大きな窓から光が取り入れられとても明るい。

こっそり覗き込んだ俺達だったが、すぐさま気付かれ、柔らかな笑みを浮かべた事務職の人に中へ誘われた。

ホテルのラウンジみたいなところだろうか？

間違っていたら恥ずかしいので口には出さないけども。


『本日のご用件は職業体験の件でしょうか？』


片眼鏡の似合う、穏《おだ》やかな青年は慣れた様子で俺達に問うた。ヒバリが元気な声で返事をすると、より笑みを深める。

青年は手慣れた様子で簡単な説明を始め、説明が終わると４つの襷《たすき》を渡してきた。太めの襷には【騎士団体験中】と書かれてある。

ヒバリ達の真似《まね》をして、俺も肩にかけた。

ちなみに当たり前だけど、リグ達の襷は無い。ちょっと見てみたかった気もする。可愛いだろうし。

見回りの引率《いんそつ》は、事務の青年ではなく俺より少し若い騎士だった。彼は職業体験を通じ、憧れて騎士団に入ったらしい。

騎士とは言っても全身鎧ではなく、ハーフプレート姿で、腰には大きめの革袋とロングソードを提《さ》げていた。

職業体験の世話は新人騎士の仕事だ。

週1回は誰かしらが体験しに来るから、『もうほぼプロです。自分に任せてください！』と胸を叩いて……噎《む》せていた。ヒバリと似た雰囲気がする人だな。

『自分は騎士団に所属して2年目ですが、30回は随行しておりますのでご安心ください。今日はアインド騎士団の一員として、住民の皆さんの安全を見守りに行きましょう！』

「はぁ～い！」

多少演技染《じ》みた口調《くちょう》ではあるものの、ヒバリもノリノリだ。

周囲の人も慣れているのか、『頑張れよ』なんて言葉をかけてくれたりもして、準備の終わった俺達は詰め所から出てゆっくり歩き出す。

『見回りは、まず南門まで行き、そこから左回りに巡回《じゅんかい》します。冒険者の方達がいる大通りはもちろん、住民の方達が生活に使う道も見て回ります。お昼の鐘《かね》が鳴ったら、見回りの途中でも詰め所へ戻って解散となります』

若い騎士は年下のヒバリ達相手でも丁寧《ていねい》な対応をしてくれ、とても俺の中で好印象フェスティバル開催《かいさい》中だ。

「分かりましたわ。では張り切って参りましょう！」
「ん、世界の平和は私達が守る」

ミィが握り拳で気合いを入れる姿にほっこりした俺だったが、ヒタキの壮大《そうだい》な見回り計画に、一瞬で表情がスンッとなってしまう。これは仕方ない。

南門に行く途中も、見回りは見慣れた光景なのか、住民から『お勤《つと》め頑張れよ』などと声援《せいえん》をもらった。

ヒバリ達はもちろんのこと、リグ達も声援を受けて、若干キリッとした表情をしているような、いないような。

南門から、俺達の見回りが本格的に開始だ。
大通りの3分の1程度の幅《はば》しかない狭《せま》い通りへ、騎士が歩いて行く。
そう言えば、俺達が聞かないとNPCの人は名乗らないから、ちょっと不便かもしれないなぁ。

ヒタキ先生が言うには、少しでもゲームに違和感《いわかん》が無いと、のめり込む人が増える……

らしい。

確かに、かなりの魅力《みりょく》を持っているゲームだから仕方ない。

俺は妹達を思い、心を鬼にして時間制限を設《もう》けるけどな。

「皆に話しかけたり、周囲に視線を向けたり。私達もいるのに、もしや気配《きくば》り大臣なのでは？」

「ん、地域密着型騎士様なのかもしれない」

「ふぁぁ騎士様大臣しゅごい……」

手慣れた様子で見回りをする青年騎士を、じっくり見たヒバリとヒタキが顔を見合わせる。コソコソ話しているつもりなんだろうけど、聞こえてたら意味ないから。

楽しそうに笑う青年騎士に少しだけ頭を下げ、俺は比較的大人しめのミィと顔を見合わせ、小さく頷き合った。

「ツグ兄様、楽しいので放っておきましょう！」

「えぇー、それはちょっと」

あ、たった今ミィと通じ合えたと思ったのは間違いだった。

いつものことのような気もするけど、３人まとめて隅の方で、コソッと大事なお話をしておく。

保護者としての義務ってやつだな。ダメなことは注意しないと。

リグ達も「なになにー？」って感じで来てくれたので、撫でることをお忘れなく。今唯一の癒《い》やし。

見回りをしていると、お爺《じい》ちゃんお婆《ばあ》ちゃんからお菓子をもらったり、筋骨隆々《きんこつりゅうりゅう》の人が汗だくで何かを運《はこ》んでいるのをお手伝いしたり。

前者は、見回り体験では必ずもらえる恒例だそう。

後者は、「んっしょ」と可愛らしくも軽やかなかけ声と共に、ミィが片手間にやってくれました。

これには青年騎士も苦笑い。だよなぁ。

見回りも中盤《ちゅうばん》に差し掛かり、青年騎士の『アインドという名前は～』と、十八番《おはこ》になっているであろう蘊蓄《うんちく》を聞きながら、大通りへ向かう。

すると後ろの方がなんだか騒がしく、皆でなんだなんだと振り返った。

「ん？　んん？」

ずっと奥に転《ころ》んだご婦人がおり、俺達の方へ、必死の形相《ぎょうそう》で走ってくる男。

言わずもがなひったくりだ。

青年騎士を見て一瞬速度を緩《ゆる》めたひったくり犯だったが、ヒバリ達や俺を見て行けると思ったのか、再度力強く走ってきた。

思い切りが良いというかなんというか。ちょっと呆《あき》れてしまうなぁ。

血の気《け》の多いヒバリ達を青年騎士に抑《おさ》えてもらいつつ、俺は頭上に乗っているリグに頼んで、ひったくり犯へ投網の要領《ようりょう》で糸を吐いてもらう。

これなら危《あぶ》なくない、はず。

ちなみに、ゴーレムも引きちぎれず俺が空を舞ったほどの強度だから……あぁいや、これはやぶ蛇《へび》だ。恥ずかしいから忘れたいんだった。

リグの吐いた糸によって、ひったくり犯は雁字搦《がんじがら》めになり、石畳《いしだたみ》を走ってきた勢いで数メートル滑《すべ》る。


『……あ、かっ、確保します！』

陸《おか》に打ち上げられた魚のように暴れる、生きの良いひったくり犯を少し眺めた後、青年

騎士は腰の革袋からロープを取り出して手際よく縛《しば》っていった。

そしてもう一度腰の革袋を探り、手のひらよりも小さいなにかを押している。

これは招集《しょうしゅう》用の魔法道具で、近くにいる騎士の人達が来てくれるらしい。

そう説明を受けている間にもワラワラと騎士が集まり、あっという間に事後処理なども終わってしまった。

特に体験見回りをしている時に、ひったくり犯が出てくるらしく、楽で良いとは青年騎士の談《だん》。

子供達に格好いいところを見せたいんだろう。多分だけどな。

◆◆◆

ひったくり犯を捕《つか》まえた俺達は見回りを続行し、周囲の人の温かさに驚かされつつ、半周ほどでお昼の鐘が鳴りタイムアップ。ちょっと街の人と話し込む時間が多すぎたかも。

騎士団の詰め所に帰ってきた俺達は、多くの人に出迎えられた。

恥ずかしいけど、ヒバリ達が喜んでいるからまぁ良いか。

「とても有意義な見回りでしたわ。ありがとうございます」

ヽ(・エ・)ノ

「めめっめぇ」

ミィが青年騎士に話しかけると、足元にいたメイもピョンピョン飛び跳ねた。

周りの空気がほんわかしたものに変化する。

可愛いからな、メイの一挙一動《いっきょいちどう》。分かる。分かるぞその気持ち。

肩にかけている襷を外し、俺達の対応をしてくれた事務職の青年に手渡す。

全員でもう一度お礼を述べようと口を開きかけると、とても良い笑顔の青年騎士が、『良かったらお昼ご飯を食堂で食べませんか？』と元気良く言ってきた。

リグ達も含め、全員が嬉しそうな表情を浮かべたので、青年騎士に案内され食堂へ。

お昼を少し過ぎた時間。

大量の飲食物が消費されていく様を見るのは、作り手として心地《ここち》よい。

このゲームを始めてよく見る光景な気もするけどさ。

青年騎士は空《あ》いた場所に俺達を案内し、一番人気《にんき》を持ってくると言い、行ってしまった。

彼が持ってきたのは、肉と野菜がゴロッと入ったシチューの大皿と、麦の大きなパン？かな。

『自分も食べてないので一緒に食べますね』

俺も手伝って、皆の分を並べ、ペット達を各々《おのおの》の膝の上に乗せて、手を合わせいただきます。

シチューは大きめにぶつ切りされたであろう肉と野菜が存在を主張し、麦の味がしっか
りしているパンに付けて食べると美味しい。

昼食を終えるまで青年騎士と話していたんだけど、社会見学に冒険者をやっている兄妹
なのかって聞かれた。『よく貴族の子息《しそく》がやってます』と。

いやいや、ううん、なんて応じたらいいんだろう。

言い方を考えていたら、わりとどうでも良くなってきた。

頷いておけば良いか。気にしたら負けということで。


「今日は本当にありがとうございました」

『またいつでもいらっしゃってください』

楽しくて美味しい昼食も終わり、俺達は青年騎士達に別れの言葉を告げ、騎士団の詰め
所を後にした。
諸々が終わったけれど、お昼を結構過ぎた時間なので、中途半端《ちゅうとはんぱ》かも。

なにやら悩んでいる様子のヒバリ達がいたから、とりあえずいつもの噴水広場へ行くことにした。

「なに悩んでんだ?」

「あっ、あのね！　まだ時間あるから、もう1回魔物退治行きたいなって！」

ポソポソッと話し合っているヒバリ達に問いかけると、意を決したように言い出したのは一狩り行こうぜ！　のお誘いだった。

理由は、最近攻撃力に物を言わせた戦闘が多くなってきて、たまには頭をフル活用した戦闘をしてみようって考えたらしい。

確かに、脳みそ筋肉の名をほしいままにしていた気もするからな。

よく考えたら時間もあるはずだし、頭をフル活用した戦闘を見せてもらおう。

ターゲットは、俺達がよく倒しているゴブリン。

ゴブリンならどのギルドでも討伐依頼があって、集落討伐なんてのもあるらしい。

新人冒険者が挑んで逆に倒されてしまう話も、わりと良く聞くとかなんとか。

そうと決まればすぐにギルドへ行き、近場の集落討伐の依頼を引き受ける。

暗くなるまでには帰りたいので颯爽《さっそう》と都市の門をくぐり、ヒタキ先導のもとでゴブリンの集落まで歩く。ゴブリンは洞窟《どうくつ》の中に棲《す》んでいるらしい。

ゴブリンの集落は舗装路《ほそうろ》から外《はず》れて森の中へ入り、約15分くらい歩いたところにある洞窟内とのこと。

入り口が見える草の陰《かげ》からコッソリ覗きつつ、ヒバリとミィが囁《ささや》き声で話す。

「普通ならこのまま突撃だけど、今回は、少しでも考える脳みそあるんだよってとこを見せたい！　脳みそ筋肉じゃない！　多分！」

「殴るだけの女の子じゃ無いところをアピールいたしましょう」

ゴブリン達の出入りや、近づいてきた魔物などはヒタキ先生が察知するとして、他になにをするんだろう？

ヒタキはリグを連れて、足音を立てずに洞窟の方へ行き、ミィは小桜と小麦を連れ、なるべく抜き足差し足で、近くの木の枝を拾い始める。

ヒタキはスキルがあるから隠密《おんみつ》行動が出来るし、ミィは仔狼だから身体能力が高い。

俺とヒバリとメイは……やらかし要員か。あながち否定出来ないところが悲しい。

「ひぃちゃんとリグは、洞窟の上部にある空気穴を塞ぎに行ったの。ミィちゃんと小桜小麦は、燃やすための生木《なまき》か針葉樹《しんようじゅ》の枝を探してるよ。入り口から煙《けむり》を送り込んでゴブリンを燻《いぶ》し出す！」

遠い目になっているとヒバリがコソッと教えてくれるんだけど、段々説明に熱が入ってしまうのか声が大きくなってってしまう。

「ヒバリ、もう少し声抑えた方が良いぞ」
「あっ、うん。今はお口チャックしとく」

ヒバリは慌てた様子で口を塞ぎ、数度頷いて、声を抑えるというより口を噤《つぐ》んでしまった。焚《た》き火の煙は目に染《し》みるし、喉《のど》もやられるので、こういう作戦は良いかもしれない。かなり優位に立てると思う。

そんなこんなしていたら、ヒタキとミィが自信満々の様子で帰ってきた。
いくつか空気穴が空《あ》いていたので、ヒタキとリグが協力しひとつを残して塞ぎ、ミィも小桜小麦と協力して、たっぷり煙の出る枝を用意出来たとのこと。
これで準備が終わったと思っていたら、今度はそこらにある平《ひら》べったい石を使って、入り口付近に3センチから5センチの穴を掘《ほ》り始めた。

出てきたゴブリン達は目をやられているので、足元が疎《おろそ》かになり、少しの段差でも足を取られて転ぶはず。

念入りな下準備は生き残るために必要。ちょー頭いい！　とヒバリ談。

口を噤んでおくのはやめたらしい。早すぎる。

「これ、私の火魔法で燃やす。煙が立ったらゴブリンが出てくるまで隠《かく》れる。出てきたらまず魔法で攻撃、残ったのを倒しに行く。とりあえずあとのことはあとで」

「何度もイメージトレーニングと言いますか、TRPGで全滅して学びましたので行けると思いますわ。こちらが全滅させてみせます」

てぃーあーるぴーじー。分厚《ぶあつ》い本と紙と鉛筆《えんぴつ》、あとサイコロで出来る遊びだったかな。楽しそうにやっている姿を見たことはあるけど、何度も全滅とか不吉な言葉が……。

いやいや、学んだらしいから気にしたら負けだ。ヒタキもミィも真剣な表情だし、大丈夫だろう。

20センチ程の太い木の枝を残し、全ての枝を入り口へ置き、ヒタキを残して俺達は先ほど隠れていた茂《しげ》みに身を隠した。

「ん、【ファイアー】」

木々が風に揺《ゆ》れ、葉が擦れる音しか聞こえない場所に、ヒタキが囁くような声で、火魔法を発動させた。

焚き付けに良い針葉樹の枝があるから良く燃える。

水分のある枝を選んだから、すぐに煙が立ち始めた。

ヒタキはスキルを使って素早く俺達のところまで来ると、ジッと入り口を見つめ、ゴブリン達が出てくるのを待つ。

空気穴をひとつ残していたおかげで、煙はあらかた洞窟内部へ入っていき、10分も経たない内に騒がしくなってきた。

すかさずヒタキがヒバリに魔法の準備をさせ、小桜と小麦にもにゃん術の用意を頼む。

涙と鼻水を大量に垂《た》れ流しながら出てきたゴブリンは、足元にある僅《わず》かな段差に気付くはずも無く、将棋倒《しょうぎだお》しを起こしながら倒れていく。

◆　◆　◆

現れたゴブリンは15匹程度。

不意を突ける内に倒さないと、なんのための準備だったのか、ってことになりかねない。

素早くヒバリ達が魔法を撃《う》ち込む。

3匹倒し損《そこ》ねてしまったけど、手早くミィが倒してくれた。

少し待ってみても、もう外に飛び出してくるゴブリンはおらず、とりあえず出入り口の作戦は終了したはず。

続いて、中にいるであろう残りのゴブリンの討伐か。

しかし、自信満々な表情のヒタキが待ったをかけた。

洞窟内に籠《こ》もっている煙を吸ってしまうと、一見大丈夫そうでも、予期せぬステータスダウンや悪い効果が付いてしまうらしい。

「そう言えばヒバリが食べ物を喉に詰まらせたとき、ステータスに窒息《ちっそく》と書かれて、HPが徐々に減っていたな」

「うっ、それは忘れて欲しい出来事……」

俺の漏《も》らした小さな言葉をヒバリが拾い上げ、消え入りそうな言葉と共にガクッと肩を落とした。

ヒバリがそう言うなら、今だけは忘れておこう。

ええと、塞いでいた空気穴を普通の状態に戻し、空気が循環《じゅんかん》するのを待つ。

その間も、出入り口にゴブリンが来ることは無かった。


「もう少し待つ間、保険を作っておく」


そう言って、ヒタキがいつの間にか回収していた太い木の枝を持ち、俺に端切《はぎ》れを要求した。

渡すと、端切れを木の枝に巻き付けて、簡易松明《かんいたいまつ》の完成。

これで洞窟内の空気濃度《のうど》が分かり、探索《たんさく》もしやすくなる……はず。素人《しろうと》推測だし、おそらく諸説あり。

さて、もう十分待っただろう。

洞窟に入る前に順番を決めないとってことで、先頭は松明を持ったヒタキ、その両隣《りょうどなり》に小桜と小麦、次はミィとメイ、次に俺とリグ、最後はヒバリ。

ヒバリには後ろからの攻撃の対応に加えて、光魔法【ライト】で、洞窟内を満遍《まんべん》なく照《て》らしてもらうという大事な役割があるからな。

ヒタキの松明にちょっと苦労して火を点《つ》け、隊列も組み終えて、ゆっくり洞窟内部へ入っていく。

洞窟の中は暗く、湿《しめ》った空気が流れており、燻された臭《にお》いがかなり残っていた。

まぁ口呼吸に切り替えれば良いので、我慢《がまん》我慢。

あと、なにより狭い。ヒバリは鉄の剣を振れないだろうな、ってくらい狭い。

「松明の調子は良さそうですわね。一酸化炭素中毒がとても怖《こわ》いのですが、これならなんとかってところでしょうか」

「ん、揺らめきがあるのは風が入ってきている証拠《しょうこ》。十分待ったし、私達が困ったことにはならない、かも」

「狭い洞窟は剣振れなくて困るぅ。盾で殴るの主体になるかな」

ゴブリン達は悪知恵を働かせるのが得意だとヒタキは言うけど、彼女のスキルと慎重《しんちょう》さなら、そうそう不意を突かれることはないはず。

ヒバリ達のおしゃべりに耳を傾《かたむ》けつつ、ゴブリンが隠れられそうな穴などが空《あ》いている洞窟内を、慎重に進む。

ヒタキ先生によれば、この先に固まった敵の反応があるみたい。

きっとそこがゴブリン達の本拠地《ほんきょち》だろう。

体感で5分とかからずに、獣の唸《うな》り声のような、グルグルと苦しそうな声が聞こえてきた。

ちゃんと事前に話し合っていたのか、ヒバリ達は唸り声が聞こえてすぐに動き出す。

「私の水の魔法で先制する。そのあと盾で牽制《けんせい》するからよろしく！」

「ん、良い具合に調節するからミィちゃんも暴れて良いよ」

「はい。あまり暴れすぎると洞窟が崩れてしまうかもしれませんので、加減は必要ですけど行きますわ！」

煙攻めの次は水攻めらしく、ヒバリは一番簡単な水魔法の【ウォーター】を、ゴブリン達がいるであろう場所に連続で撃ち込んだ。

途端《とたん》に前方が騒がしくなり、ヒバリが盾を構えて突撃する。

続いてミィもゴブリン達を倒しに行き、ヒタキと俺とリグ達は、一緒にその場で待機。

さほど広い場所でもないし、大立ち回りをして天井が崩れてもいけない。

後方の守りも固めないとだし、俺の護衛も必要。

魔物を倒すことに全身全霊をかけていないヒタキにとって、いい役どころ……かな？

すぐに殲滅《せんめつ》出来たらしく、ヒバリが「こっちに来ても良いよー！」と叫んだ。

残りは奥の小部屋だけで、そこの探索を終えれば、洞窟の入り口を潰して帰るだけらしい。

そこには、ゴブリン達の溜《た》め込んだお宝があったんだけど、骨とか、色が付いただけの石ころとか、雀《すずめ》の涙だな。

ヒバリがお宝を選別しつつ放り投げるので、落ちる物を見ていたら、ヒタキがそれは楽しそうに話しかけてきた。

「ふふ」

「んん？　なんだそれ」

「ちなみに、R指定パッチを使うと、人がいたりします」

ヒタキに問いかけても、意味ありげに笑うだけだ。

あー、これ、知らなくても良い感じがするぞ。

「わはー！　これはちょっとお宝だぁい！」

「あら、宝石の原石でしょうか？　実入りはこれだけですわね」

「ツグ兄ぃに貢《みつ》ぐね！　受け取ってー！」


【宝石蝶《バタフライジュエル》の卵】

宝石蝶の卵。卵も宝石の原石のように美しいが孵化《ふか》する条件は知られていない。宝石蝶は

美しい姿をしており、様々な状態異常を使うエキスパート。もちろん魔物なので、美しさに惑《まど》わされることがないように注意が必要だ。

受け取った物は宝石蝶の卵と言い、レベルが上がれば、メイみたいにテイム出来るかもしれない。

孵化《ふか》する条件が分からないみたいだし、しばらくはインベントリにしまっておくだけになるだろう。

インベントリに卵をしまっていると、ヒタキが俺の隣に立ち、画面を覗き込みながら話し出した。

「む、小桜や小麦みたいに装備品に加工すればイケるかも。装備品に縛りが出来るのと、私達じゃ加工出来ないのと、孵化の条件も分からない。ログアウトしたら色々調《しら》べてみる」

「夜更《よふ》かししないようにな」

抜け道とはいかないまでも、急いでレベルを上げることなくテイム出来る魔物を増やすことは難しくないらしい。

デメリットもきちんと用意されていることから、多分それはちょっとした小技程度……

かな？

孵化の条件が分からないなら、この件は記憶の片隅《かたすみ》にでも置いておき、今はさっさと洞窟から出ることが先決だ。

もしかしたら崩れてくるかもしれないし、他の魔物がやって来ないとも限らない。

松明は火を消して捨て、足早に洞窟の入り口へ。

このままだと他の魔物が棲み着いてしまうかもしれないとヒタキ先生がおっしゃるので、暴れられなかったメイにお任せして、入り口を潰してもらう。

すぐ他の場所に魔物の集落が出来るかもしれないけど、やらないよりはマシ精神で。


「えっと、コレでなんとか、私達は脳みそ筋肉じゃ無いって証明出来たはずだから、あとはギルドに報告してログアウトだね！」

「ん、証明出来……出来、た？」

「出来たと信じましょう、ヒタキちゃん」


嬉しそうなヒバリ、本当に出来たんだろうかと難しい表情で首を捻《ひね》るヒタキ、そんなヒタキを慰《なぐさ》めるミィ。

三者三様《さんしゃさんよう》な彼女達に、俺とリグ達はかける言葉が無いので黙《だま》っておく。

頑張ったような、いつもと変わらないような、判断がちょっとなぁ。

もう一度、洞窟の入り口が塞がっているか、入り口に掘った無数の穴が埋められているかなどをしっかり確認し、ゆっくりとアインドへ戻る。

魔物との戦闘も無く、すぐにアインドへ戻れた俺達はそのままギルドへ向かい、クエストの達成報告をした。


「んじゃ、ログアウトするぞー」


いつものように噴水広場へ帰ってきた俺達は、まずリグ達を【休眠《きゅうみん》】状態にする。

たくさん助けてもらったし、しっかりぐっすり眠って欲しいところ。

やり残したことが無いかヒバリ達に尋ね、無いと言うので、【ログアウト】のボタンを押す。

今日も濃密《のうみつ》なプレイ内容だった。

◆◆◆

ふわっとした謎の感覚と共に意識が浮上し、目を開けると見慣れたリビング。

対面に座る雲雀と鶲が目に入る。

美紗ちゃんは自分の部屋からのゲーム参戦だから、ここにいないのは当たり前。

他に変わったところも無さそうだ。

いやまぁ、あったらあったで犯罪の臭いしか無いけどな。

俺は夕飯に使った食器を洗うために立ち上がり、ヘッドセットなどを片付け始めている雲雀と鶸に話しかける。

「今から食器洗うんだけど、ゲーム機を片付けたら上行くのか？　行くんだったら電気消してってくれ」

「あ、ううん。もう少しリビングにいるよ！」

「ん、つぐ兄と一緒に遊ぶプランを練り練りします。うぃず美紗ちゃん。楽しさ無限大」

部屋に帰ると思いきや、まだまだリビングに用があるらしい。

すると、聞き慣れた少女の声がした。

『ふふ。先ほど振りですわ、つぐ兄様』

「そうだね、美紗ちゃん」

聞こえてきた声はそう、自室参戦の美紗ちゃん。

雲雀がパソコン画面を俺の方へ向ける。

画面の中では、美紗ちゃんが和《なご》やかな表情で俺に手を振ってくれるので、俺も振り返した。

凄《すご》く楽しそうだから、水を差すのは悪いかなって思うんだけど、夜更かしはしないよう心を鬼にして言い含め、彼女達の談笑《だんしょう》を聞きながら食器を洗い始める。

明るい笑い声がリビングから聞こえると、なんだかこう、胸がギュッとなるのは俺だけだろうか。

ムズムズするような小さな幸せを噛《か》み締《し》めていると、いつの間にか、雲雀と鶲が対面式のカウンターにおり、椅子に座ってこちらを見ていた。

百面相《ひゃくめんそう》に近いことをしていた自覚があるから、少し頬が熱くなる。

「み、見てたなら話しかけてくれれば良いのに」

「つぐ兄ぃのムニムニした顔、珍しいから見てたいし～？」

「ご飯何杯でもいただける。うまうまごちごち」

苦し紛《まぎ》れに言うと、ニマニマした表情の２人。

羞恥心《しゅうちしん》をなんとか抑え込みつつ、雲雀と鶲が楽しいなら何よりですって感じかな。

兄バカと言われようとも構わない。

彼女達の会話をBGMにしていたせいか、タイマー付きの小さな時計を見たら結構時間が経っていた。

美紗ちゃんと何を話し合ったのか、若干の怖さがあるものの、無謀《むぼう》な計画を立てるはずが無いと信じて、楽しみにしていよう。

そんなことを1人で思っていると、雲雀が思い出したような声で、「あ、つぐ兄ぃつぐ兄ぃ」と呼んだ。

彼女はいつの間にか携帯端末《たんまつ》を握りしめており、満面の笑みで俺に画面を見せてきた。

画面に映し出されていたのは、父親からのメールで、なんとか来週の日曜日には帰れそうだ、というメッセージ。


「……まじ?」


母さんだけなら諸手《もろて》を挙《あ》げて喜ぶんだけど、親父はなぁ。

変な表情をしている自覚はあるけど、こればかりはやめられない。

鯖の味噌煮を圧力鍋《なべ》で作ってやろうとか、旬《しゅん》野菜の天ぷらも揚《あ》げようとか思ってないし。ないったらない。

「ん、まじまじ。本気と書いてマジ」

笑みを崩さない鶲は楽しそうに頷き、雲雀もしょうがないなぁと言った表情をしつつ、携帯端末をポケットにしまう。

親父に対する態度はいつものことだし、来週まで時間はあるし、気にしなくてもＯＫ。

それより、そろそろ雲雀と鶲は寝る時間じゃないかな。

キッチンの時計を見ると、もう良い時間で、雲雀が欠伸するところを見てしまう。

ほら眠いんだろ、と２人を自室に向かわせ、俺も寝る準備を始める。

ええと、洗った皿は拭《ふ》いて食器棚《だな》にしまったし、ゴミはまた今度。

風呂に入る前に戸締《とじ》まりして、少しでも早めに寝ようか。うん。

雲雀と鶲がいるから、ちょっと過剰《かじょう》になっちゃうよな。

しっかり全室の窓が閉まっていることを確認して、俺は今日の疲れを取るべく風呂場へ向かう。

「……お、おぅ、お湯がピンク」

風呂場に入って浴槽《よくそう》の蓋《ふた》を外した途端、甘やかな匂いと共に桃色に染まったお湯が見え思わず目を見張ってしまう。

これ、入浴剤を使ったんだな。ビックリするから教えといて欲しかったかも。

何だかお湯、トロッとしてるような……？　美容成分的な？

うーん、ちょっと良く分からない。

「あ、意外と心地よいかもしれない……。ふぁ」

頭や体を洗ってから意を決し、桃色の水の中に体を沈《しず》めると、思った以上に癒やされ思わず欠伸が出てしまう。

さて、ささっと浴槽を洗い流してさっさと寝ようか。

あと、もう1回シャワー浴《あ》びた方が良いな、これ。

居眠《いねむ》りしないよう気をつけながらお風呂を済ませ、2階に上がり、雲雀と鶲の部屋の前を通ると何やらまだ起きている模様《もよう》。

明日も明後日《あさって》も一応休みだから、あまり強く言わなくても良い……はず。

もう俺は眠たいから自己責任ってことで。

お休み。

R&M攻略掲示板

【ロリとコンだけが】LATORI【友達sa】part9

（主）＝ギルマス
（副）＝サブマス
（同）＝同盟ギルド

1:NINJA（副）
↓見守る会から転載《てんさい》↓
【ここは元気っ子な見習い天使ちゃんと大人しい見習い悪魔ちゃん、生産職で女顔のお兄さんを温かく見守るスレ。となります】
前スレが埋まったから立ててみた。前スレは検索で。
やって良いこと『思いの丈《たけ》を叫ぶ・雑談・全力で愛《め》でる・陰から見守る』
やって悪いこと『本人特定・過度《かど》に接触《せっしょく》・騒ぐ・ハラスメント行為・タカり』
紳士諸君《しんししょくん》、合言葉はハラスメント一発アウト！
上記の文はすべからく大事でござるよ！
・
・
・
859:萩原
>>842　つまり、ギルドマスターは防御力の高さと見守る兄妹に関

書き込む　全 部　＜前100　次100＞　最新50

しては変態《へんたい》である……と。
納得しました。わざわざ自分の疑問に答えていただきありがとうございます。自分はこれよりレベリングに入ります。目指せギルドマスターの防御力を打ち破る攻撃力、です。

860:かるぴ酢《す》
今日もロリっ娘ちゃん達はログインするのかな？

861:コンパス
初めて吟遊詩人《ぎんゆうしじん》職の人を見かけてしまった。辻バフされて笑ったのは内緒。しゅごい歌上手だった。イケボとは恐ろしい。

862:sora豆
>>853　分かる。獣人のフカフカお腹に顔を思いきり埋めたい。ハラスメントになるから自重してるけど。知り合いに埋めても良いよって人いたら紹介してね。わりと本気で。

863:黄泉《よみ》の申し子
>>842　それ、ギルマスの尖《とが》った部分しか言ってないよ！　大体合ってるけど！　98%合ってるけど！　けどけど！

R&M攻略掲示板

864:中井

ログインしたぞー！　実家に帰ってきた感が半端《はんぱ》ない。

865:わだつみ

あ、ロリっ娘ちゃん達がログインした！　ありがたいことに最近15歳以下プレイヤーに無体《むたい》を働くやつ減ったよな。でも俺達は諸事情の関係により見守り隊を解散することはない。絶対だ！

866:ちゅーりっぷ

>>861　羽根付き帽子かぶった人なら自分も辻バフされた！　HP持続回復と状態異常耐性バフのふたつ。地味にありがたかった。歌ってる間は絶対バフ解《と》けないとかあったよな。

867:つだち

明日明後日はフルログインしてやるぜぃ。よろしくね！

868:白桃

なんのクエストするんだろ？　まぁどんなクエストだって出来るだけ草の陰から見守っちゃうんですけどね。付いて行けなかったら指をくわえて待ってます。はい。

書き込む　全 部　＜前100　次100＞　最新50

R&M攻略掲示板

869:空から餡子《あんこ》

ロリっ娘ちゃん達、もしやゴーレム倒しに行くつもり！　大丈夫かな？　レベル適正も人数も大丈夫だと思うけどハラハラ。

870:焼きそば

わぁ知り合いがモグラみたいなモフモフ種族になっていた……。もちろん同性だからモフり倒してきた！　柔らかくて温かくて幸せ！

871:プルプルンゼンゼンマン（主）

>>842>>863　お前ら校舎裏集合な。遅れんなよ。

・

・

・

919:夢野かなで

おおおおおおおおおおおおおおままままままっまっまっまままっままえら！　おおおおおおちおちおちおちちちちゅけ！！！！！！！おおおおおおおおおおおおおちゅちゅいて！　れいせえええいに！

920:餃子《ぎょうざ》

興奮《こうふん》しすぎて逆に冷静になってきた。ぶ、ぶひぃ。

書き込む　全部　＜前100　次100＞　最新50

R&M攻略掲示板

921:氷結娘《ひょうけつむすめ》
>>913　ロリっ娘《こ》ちゃん達は生きているだけで我々に多大なる恩恵《おんけい》を授けてくれる。言わば神。お布施《ふせ》したい。

922:魔法少女♂
これ、興奮すんなって方が無理だろ！　お姫様抱《だ》っこだぞ！　お兄さんの！　お姫様！　抱っこだぞ！　本当に久々のヒロインお兄さんだぞ！　思わず素《す》も出るわ！

923:ましゅ麿《まろ》
>>916　1回ログアウトすれば頭も冷えると思うよ。そしてそのまま寝れば落ち着く、はず。

924:密林三昧《みつりんざんまい》
>>919　お前もおちちゅけー。おちゅちゅくんらー。

925:さろんぱ巣《す》
俺がログインする前に大イベントが起こったことだけは分かる。板ログ読んで雰囲気だけでも追ってやる！　hshs。

926:甘党
脳みそ筋肉の敵ゴーレム撃破《げきは》おめでとー！　お兄さん達のパー

書き込む　全 部　<前100　次100>　最新50

R&M攻略掲示板

ティーなら遠方から魔法撃ち込みまくって倒す、の方が楽だったかもなぁ。作戦立てるの難しいよね。敵は殴れば倒せるんだよ。大体。

927:フラジール（同）
明日仕事で滅《ほろ》びかけてたけど元気出た。ありがとうございます。

928:iyokan
美人兄妹だとどう足《あ》掻《が》いても眼福《がんぷく》ってやつですね。

929:黒うさ
>>916　人って文字を手のひらに3回書いて呑む。古典的かもしれないけどやらないよりはマシだよ。

930:ナズナ
皆もう少し落ち着いて欲しい。ロリっ娘ちゃん達、次の場所に移動してるぞ。

931:ヨモギ餅《もち》（同）
>>922　お、おぅ……。せやな。

932:つだち
こ、子供限定騎士団の見回り体験！

書き込む　全 部　<前100　次100>　最新50

R&M攻略掲示板

・

・

・

974:もちもち

騎士になる近道はコネ。ボク覚えた。ボク賢《かしこ》くなった。

975:かなみん（副）

>>968　あ、それなら大丈夫だよ！　うちにお任せあれ～！　詳《くわ》しいことはあとでメッセージ送るから読んどいてね☆

976:氷結娘

襷かけてるロリっ娘ちゃんも可愛い。ってか、生きてるだけでも可愛いんだから当たり前だよなぁ。

977:コンパス

さっきの辻吟遊詩人プレイヤーの人とフレンドになった！　イケメンだけど中身オレらとほぼ変わらん！　手に負《お》えなくてウケる！

978:黄泉の申し子

【速報】お兄さんと蜘蛛《くも》ちゃんコンビひったくり捕縛《ほばく》。悪はお兄さんと蜘蛛ちゃんによって滅びた。可愛いは正義という言葉を体現してくれるお兄さん最高です。業《ごう》が深い。

書き込む　全部　＜前100　次100＞　最新50

R&M攻略掲示板

979:焼きそば

これだからゲームはやめられねぇんだ！！！！！！

980:NINJA（副）

ホントにいったんログアウトした方が良いかもしれないでござるな。公式による怒濤《どとう》の配給に追いつかないでござる。公式が最大の大手だったでござるよ。

981:かるぴ酢

わぁ～～～～～い！　欲しかった装備品ドロップした！　嬉しい！手伝ってくれて皆ありがと！

982:餃子

>>975　あんがちょ。あとそろそろ落ちまーす。

983:わだつみ

あとちょいでこのスレも終わりかぁ（しみじみ）

984:白桃

>>977　遠目《とおめ》で見てたwなんでイケメンあんなはっちゃけてんの？歌ってるとき格好良かったやんwwって感じ。

書き込む　全部　<前100　次100>　最新50

R&M攻略掲示板

985:棒々鶏《バンバンジー》（副）

いつものことだけどロリっ娘ちゃん達が落ちたら自分も落ちます。まぁ7時間ギリギリだから当たり前だよね。ふはははははは。今日はトイレに邪魔されずゲーム出来たぞ！　いえーい！

986:sora豆

次の掲示板タイトルは何になるのか楽しみだ。

987:コンパス

>>984　みてたならたしけれwwwwww

書き込む　全部　<前100　次100>　最新50

そんなこんなで、楽しそうな紳士淑女《しんししゅくじょ》の掲示板は続く……。

◆　◆　◆

今日は土曜日。

いつもよりゆっくり起きても良い日なんだけど、雲雀と鶲の部活がある日はそうでもない。

まぁ部活がある日は事前に言うから、今日は無いみたいだな。

時刻は9時ちょい前。そろそろ起きるか、とひとつ欠伸をしてから、着替えて顔を洗いリビングへ。

まだ雲雀も鶲も起きてないみたいだ。

朝食を何にするか考えつつ、エプロンを着けてキッチンの冷蔵庫を開く。

んん〜、さっぱりしてる物が良いか悩みどころ。

野菜、肉、天かす、うどんで野菜マシマシ肉もあるようどん、で。

実はまだうどんが残っているんだ。

忘れたころにまた何かが配達されそうだから、どんどん消費しないとマズいって長年の勘《かん》が告げている。段ボール1箱は伊達《だて》じゃない。

うどんを茹《ゆ》でている間に、野菜の下ごしらえをしたり、肉を秘蔵《ひぞう》の市販タレに絡めて焼いたり、そんなことをしていると、２階が騒がしくなり、雲雀と鶲が起きたことを知る。

ややあってリビングと廊下《ろうか》を繋《つな》ぐ扉が開かれ、顔を洗っても眠たそうな表情の２人が現れた。


「ふぁぁ～、おふぁようつぐ兄ぃ」

「つぐ兄、おはよぉ」


力の入っていない朝の挨拶。

俺も挨拶を返し……彼女達を引き留《と》めた。

雲雀は左、鶲は右の髪が盛大《せいだい》に飛び跳ねている。寝ぼけすぎだろ。

苦笑《くしょう》しながら指摘してやると、２人は慌てて飛び跳ねた箇所《かしょ》を押さえ、双子らしく足並みを揃えて洗面所へ駆け込んでいった。

もう少しで、野菜マシマシ肉もあるようどんが出来るので、そこそこで帰ってこいと声をかけ、盛り付けたりして仕上げてしまう。

飲み物は氷水かな。

あとはテーブルへ運ぶだけになったうどんを、いったんキッチンカウンターに置いていると、髪を触《さわ》りながら、互いに確かめ合う雲雀と鶲が帰ってくる。


「ふぅ、これで一応なんとかなった……はず」

「人前に出ても恥ずかしくなくなった。ちょっとだけ」

「えー、ちょっとだけ？　ちょっとだけかぁ」


2人してキッチンを覗き込み、並んだうどんを見て、それくらいはさせて！　と運びだす。


「タレと天かすはご自由にどうぞ。いただきます」

「わぁ、美味しそう！　いっただきま〜す！」

「ん、雲雀ちゃんと同じく。いただきます」


諸々の準備を済ませて椅子に座り、俺達は両手を合わせていただきます。

野菜うどん専用タレを使うのは雲雀、ポン酢仕立てのタレを使うのは鶲、胡麻《ごま》ドレッシングにチャレンジするのは俺。うまっ。

うどんも少なくなりそろそろごちそうさまだな、とぼんやり口を動かしていたら、ふと雲雀が真面目《まじめ》な表情で問いかけてきた。

「あのねつぐ兄ぃ、今日ね、いっぱいゲームしても良い？」

「へ？　あ、まぁ良いけど」

「いえーい！　やったぁ！」


一瞬だけ反応が遅れてしまったけど、頷くと、雲雀と鶲が顔を見合わせて喜ぶ。

昨日ちょっと遅くまで話し合っていたみたいだし、結構やること詰めてそうだなぁ。

でも頷いてしまった手前、やっぱり駄目《だめ》なんて言えない。

お兄ちゃんにとって、妹の笑顔は何よりの宝物だし。諸説あり。

喜ぶ雲雀と鶲から聞き出した話を簡単にまとめると、そろそろ移動して、他の都市に行きたいっていうのが一番。

目的地は、女神《めがみ》エミエールを祀《まつ》る神殿がある国、ミティラス国の小都市バロニア。

霊峰山《れいほうざん》ミールという大きな山があるから、神殿もあるし登りたいんだとさ。

「んで、移動はほぼ歩き。寄り道もしたい……と。くの字型に移動してバロニアに行くのが目標なんだろうけど、今日中は無理じゃないか？」

「うん」

器《うつわ》の中に残っていた最後のうどんを良く噛んでから呑み込み、ちょっとまとめきれていないことを話すと、雲雀が軽く頷いた。

鶲先生に視線を向ければ、ほぼ無表情で俺と雲雀のことを見ていて、少し驚いたのは内緒。

え、寝てる？

ぼうっとしてた、とはにかんだ可愛い鶲先生によると、一言で言うなら、いつも通りちょっとした計画を立てて楽しく行くだけ、とのこと。

本当だ！　いつも通りだ！　もしかしたら俺も眠たいのかもしれない。

でも、せっかく長い時間ゲーム出来るんだから、と雲雀と鶲が連係プレーで素早く準備を済ませてしまった。

キッチンシンクの中に食べ終えた食器を入れ、リビングに戻ってソファーに座れば、鶲が美紗ちゃんについて話してくれる。

「あ、美紗ちゃんのことなんだけど、午後の部から参加」

「そうか。了解」

美紗ちゃんは忙しい身だから仕方ないとして、俺がヘッドセットをかぶる瞬間を今か今かと待っている２人が可哀想《かわいそう》だから始めるか。

ヘッドセットをかぶりボタンを押すと、雲雀も鶲も俺と同じようにボタンを押して、ゲームの世界へ。

◆
◆
◆

どこも同じような造《つく》りの都市だから、見慣れた噴水広場に俺は現れ、リグ達を喚び出している間にヒバリとヒタキも現れる。

揃ったところでひとまず移動だ。他の人の邪魔になるかもしれないし。

「んん～と、ここ大きな都市だから、地方行きの馬車は探せばあるんだよね。だから今日は距離《きょり》稼げるかも？」

そう言えば土曜日だからか、人が多いこと多いこと。

ベンチは埋まっていたので隅っこの方に移動し、今日の予定を簡単にでも話し合う。

一度聞いていたことだとしても再確認は大事。

ヒバリの言葉から察するに、ひたすら移動になりそうだな。

「むむむ、馬車も良いけど徒歩《とほ》も良い。あ、その前にギルドで、大雑把な魔物退治と馬車のクエスト受けないと」

「馬車で楽《らく》しようよぅ。クエスト受けるのは賛成！」

ヒタキが少し考えるような仕草をして話し、ふと思いついたようにギルドへ視線を向ける。

それは俺も賛成。

ヒバリの上下に激《はげ》しく揺れる表情を眺めつつ、メイの頭に乗っているリグ達に向けて、「はぐれないように気をつけような」と一言。

大先生によると、大きな都市では比較的遅めの時間帯まで馬車が出ているみたいだし、焦《あせ》らずゆっくりでも良いだろう。

とりあえずギルドでクエストを……と思ったんだけど、凄く混んでいる。

まるで年末年始のスーパーマーケットのようだ。

きっとMサイズの卵がお1人様1パック98円に違いない。

いや、変なことを考えるのは後にしよう。

さっさと用件を済ませないと、俺はもちろんのこと、ヒバリとヒタキも潰されてしまいそうだ。

そうと決まれば、ヒバリ達は比較的空《す》いている場所にいてもらい、年末年始のスーパーで鍛《きた》えた隙間縫《すきまぬ》いの技でクエストを受け付けてもらう。

ちゃんと行く場所とか事前に教えてもらったし、討伐と馬車のやつはこれで良いはず。

少しは俺だって成長してるんだぞ。

受付の人に手続きをしてもらい、終わったらすぐヒバリ達の元へ戻る。

そして筋肉に挟《はさ》まれそうになりつつも、ギルドから無事に出ることが出来た。

「ぐっじょぶツグ兄」

クエストの確認を3人でしていると、視線の合ったヒタキから、親指を突き出すグッジョブポーズを授《さず》かった。

ははー、ありがたき幸せ。あとは少し買い物をして、馬車かな。

◆　◆　◆

インベントリがあるとはいえ、細々《こまごま》した物を買わないと快適な旅にはほど遠い。

今回は本格的な野宿があると思うので、大人が3人入っても余裕があるくらいのテントとか、適度な石が無かった場合のレンガとか、獣避《よ》けの香とか。

道具屋の店員に聞いて買い物を済ます。多分これで大丈夫。

ゆっくり歩きながら馬車の発着所にたどり着くと、ヒバリが楽しそうな表情で、片手を目の上に置いてあたりを見渡す。

「さて、私達が乗る馬車はどこかなぁ～?」

クエストとして受けているから、見やすいようにアイコンが付いているはずなんだけどな。

探すという動作も彼女は楽しんでいるんだろうな、と1人で勝手に納得して、俺は馬車の上に付いているであろうアイコンを探す。

探し物はヒタキ先生に勝てるはずも無く、後ろにいる彼女に肩をちょんちょんつつかれて振り向く。

振り向いた際、頬に指が突き刺さった気がしてヒタキの目を見ると、その指がぐりぐりと何故《なぜ》か回転し始める。

えー、俺は続きを求めたわけでは無いので、やめていただけると幸いです。

「ふふ、私達が乗る馬車はあっち」

俺の頬を突き刺していた指で示す方向に顔を向ければ、ちゃんとアイコンの付いた馬車が出発の準備をしていた。

まだ時間があるようで、余裕を持って行動出来て少しホッとしていたりする。

「さ、行こっかツグ兄ぃ」

「そうだな」

俺達の戦いはこれからだ！　ってヒバリが言いそうだ。

リビングでゲームしてたとき、そんなことを叫んでいたからな。

まぁそういうのは置いておいて、ギルドの受付で持たされた割り符をインベントリから取り出し、近くの馬車へ。

何回か乗ったことのある馬車と、ほとんど形態は一緒。

冒険者は魔物や盗賊《とうぞく》の退治をするから無料で乗れる、ってやつ。

今回は俺達以外の冒険者はいなかったので、責任重大かもしれない。

外見は荷馬車に幌《ほろ》の付いた簡素《かんそ》な馬車。

大きな都市に行くのでは無いし、ヒタキ先生もこんなものとおっしゃっているので、これが普通だろう。

普通の乗客が奥から詰めて座り、何かあれば対処する俺達は出入り口の近くに座る。

『んじゃー出発すっかー。今日の冒険者はめんこいけど、冒険者だかんなー。ちゃんと言うこと聞かねえとおっちんじまうかんなー』

俺達が最後の乗客なので、乗り込みが終われば御者《ぎょしゃ》も自身の席へ座り、気の抜けそうな出発の合図と共に馬車を動かした。

他の乗客達は慣れたものなのか、御者の言葉に笑ったり、俺達に『よろしくなー』なんて声をかけたりしてくれた。

3時間ちょいの旅で魔物に出会ったのは1回のみ。

ゴブリンと野犬の混成パーティーで、相手は突《つ》っ込《こ》んでくるだけだったから、リグの糸で作った投網で絡め、小桜と小麦のにゃん術で一掃して終わり。

近くに寄らせない戦い方をしたから、もちろん被害は無い。

メイがちょっと不満そうな表情なのはご愛嬌だな。

「んん〜っ、着いた！」

目的の街にたどり着いた俺達は、馬車に乗っていた皆さんとお別れし、小さな噴水のある広場へ向かう。

このくらいの大きさだと、噴水があるんだよな。小さな村にはないけど。

両手を組んで上に伸《の》びるヒバリを横目に、ヒタキと一緒に、地図のような画面を覗き込む。

目的地は決まってはいるけど、そこへ至る道はたくさんあるから、どうしようかなぁってやつだ。

「……ここの村、川魚が美味しいって掲示板で有名。この街から歩いて行くと夜中になるけど」

思いついたような声音《こわね》でヒタキが地図を指さし、街と村があるであろう場所を行ったり来たり。今はお昼を少し過ぎたくらいだから、その村に行くなら一泊するしかない。

「かわじゃかニャ！」

メイ達と遊んでいるヒバリの意見も聞こうと思った瞬間、嬉びに満ち溢れて上擦《うわず》った声が広場に反響した。

「え？　わっ、私じゃ無いよ！　違う違う！」

凝視《ぎょうし》してしまったのがいけなかったのか、ヒバリは無実を潔白《けっぱく》するように両手を高く掲《かか》げ、ブンブン音がするんじゃ無いかと言うくらい首を横に振った。

確かにあの声はヒバリじゃ無い。少女の声というより女性の声だった。

と言うか、後ろから聞こえたんだけど、そこのところどうなんでしょう？

するとポンポン、と肩を叩かれたので、俺はそちらへ振り返ろうとする。

だけどそれは、プニッとした指先とモフッとした毛並みに阻《はば》まれた。

あれ？　これ、3時間ちょっと前にもやられたこと無いか？

「ふぁふぁみふぁん」

「ニャふふ〜、お久しぶりニャ！　かわざかニャ食べに行くニャらニャニャみもニャかま

に入れて欲しいニャ〜！」


結構な勢いで頬が押されているので、ナナミさん、と声に出そうとして失敗した。

だけどそんなこと気にしないぜ！　って感じの彼女がニンマリと挨拶し、ヒバリもヒタキも嬉しそうな表情で挨拶を始める。

相《あい》も変わらず、ニャ語とやらが絶好調《ぜっこうちょう》のようで。


「ねぇツグ兄ぃ！　今日はこの街に泊まってナナミさんと一緒に川魚食べに行こう！　ねぇ〜ツグ兄ぃ〜！」


あ、ヒタキとナナミさんの話を理解したのか、ヒバリが万歳《ばんざい》ポーズをやめて俺にねだってきた。

はいはい君達が楽しそうなら、危なくないなら俺が止めるわけ無いだろ。

嬉しそうなヒバリの頭を乱雑《らんざつ》に撫でつつ、今日の宿についてヒタキと話そうか。

っとその前に、ナナミさんの片割れについても聞きたい。


「ナナミさん、ユキコさんはどうしたんです？」

「ニャ〜ンニャ、ニャ？　ユキコ？　ンニャ、ユキコは土曜日ニャのに朝っぱらからお仕事ニャのニャ。ニャんか新人がやらかしたらしいのニャ。だから可愛いニャニャみさんぼっちで寂《さび》しくゲームしてるニャ。ツグミ達がいてラッキーだったニャ！」

あ、はい。

そんな返事しか出来ない、もの悲しい返答をもらってしまった。

今度ユキコさんに会ったら、なにか美味しいものでも作らせてもらおう。

とりあえず知りたかったことも教えてもらったし、ヒタキ先生と宿屋について話そうか。

うん。

大所帯《おおじょたい》となっている俺達が泊まれる場所は限られているけど、部屋を分ければ良いと思うのでそうしよう。

妹達だけならまだしも、ナナミさんがいるから部屋は男女別。これは決定事項です。

なんでー？　って皆で首を捻ってはいけない。

ちょっとした旅をする仲間になるんだからと、ナナミさんが外で魔物退治をしようと提案した。

俺達がどんな感じで戦うのか、自分はどんな立ち位置で戦えば良いのか、面白そうだから確かめたいらしい。

一番最後のやつが主な理由だよな、きっと。


「じゃ、ちょっと魔物退治行ってみよ～！」

「おー」

「ニャ～！」


３人が張り切っている傍《かたわ》らで、先ほどは戦えず不満げだったメイの表情が輝く。

街から遠く行かなければいつもの魔物しかいないだろうし、存分に暴れても大丈夫だ。

飛び跳ねるような歩き方で嬉しさを表現するメイを見ながら、俺達は街の舗装路から少し外れた場所まで足を運ぶ。

ナナミさんの職はシーフと猫人、だったよな。

間違えてるかもしれないけど、気にしない気にしない。

ヒタキとかぶっているところも多いけど、猫人と見習い悪魔だからなぁ。

細かいところまで俺には分からないので、見てからと言うことで。

◆
◆
◆

まずは見てて欲しいと言ったナナミさんが、1人でスライムへ突っ込んで行く。

そう言えばパーティー組んで無いんだけど良いんだろうか。

まぁ良いとして、ナナミさんが踏み出した瞬間、一瞬でスライムのところへたどり着いており、腰の短剣を引き抜いて素早く核《かく》を貫いた。

「ニャ〜ん。私は素早さガン振りの立ち回りニャ。回避盾とかスピードアタッカーも出来るニャ！　ツグミ達、パーティーバランスめっちゃ良いからニャんか遊撃が良いかもニャ」

「ん、それが良き」

「私達、あんまり作戦とか考えないもんね」

「実はあんま考えるの得意じゃニャいニャ。考えるのはユキコの仕事ニャ。突撃はニャニャみの仕事ニャのニャ」

たこ殴りでどうにかなってたからな。ゴーレムに負けたのが初めてって感じだし。

ええと、脳みそ筋肉ナナミさんには自分の考えで動いてもらうとして、とにかく、魔物を倒して倒して倒しまくろうか。

メイが黒金の大鉄槌を振り回してやる気満々なんだ。

周囲にいる魔物はゴブリンにスライム、野犬やポップラビ、ハニービーとラフレシアが歩いてる感じのやつ。

　特に強そうな魔物や大型の魔物はいないから大丈夫かな。

　ヒタキ先生によると、ラフレシアの魔物は状態異常の毒と麻痺《まひ》を使うから、それにだけ気をつければ後《おく》れを取ることは無いはずだそうで。

　大胆《だいたん》かつスピーディーに周囲の魔物が殲滅されていく様子に、俺と腕の中にいるリグが遠い目になってしまっても、仕方が無いと思うんだ。

　ヒバリ達もナナミさんもゲームが得意らしいし、その場で組んだ即席パーティーでも楽しく倒せているようで何より。

「親睦《しんぼく》を深めるには、共通の敵を倒すのが早いニャ。夕方まで魔物を囲んで、倒して倒してニャかよくニャるニャ！」

(*＞ェ＜)

「めっめっめぇめめ！　めめっ！」

「ニャ〜んニャかまニャかま！　嬉しいニャん！」

　周囲の魔物をあらかた倒し終わった俺達は集まって、殺意マシマシのナナミさんとメイが何かしら通じ合っている様を眺めて頷いておく。

　俺は、リグと小桜小麦を連れて後方支援《しえん》するとして、他の皆はノリノリで魔物退治。

ヒタキが踏み出した瞬間には、ナナミさんは魔物にたどり着いていたりするので、素早さのみを重点的に鍛えたらこうなのかって、謎の感動が生まれてしまう。
メイとミィが攻撃力重視《じゅうし》だから、ナナミさんみたいになったら、本当に破壊《はかい》の神になってしまうかもしれないな。はは。
パーティー登録を忘れてナナミさんへ攻撃を当ててしまい、瀕死《ひんし》状態にしてしまったり。戦闘に没頭《ぼっとう》しすぎて給水度や満腹度《まんぷくど》が危険域になってしまったり。ちょっとわたわたすることもあったけど、俺達は凄く元気です……ってな。

「そろそろ夜になるから街に戻るぞ」

時間の概念《がいねん》がすっぽ抜けてしまうほど、楽しく魔物退治しているヒバリ達へ声をかけると、手早く魔物を倒し俺の方へ駆け寄って来る。
強くなったとしても、夜は危ないから出来るだけ安全地帯にいて欲しいと言う兄心。早く移動しよう。

「にゃ～ん！　魔物退治楽しかったニャ。今日は宿で女子会するニャ！　こんニャ可愛い子達と宿に泊まれるとか、前世の私どんだけ徳を積《つ》んだのニャ。ニャニャニャ今夜は寝かせないニャ～」

「じょっしかい！　じょっしかい！」

ヒタキ先生が言うには、周りの魔物はしっかり探さないと見つけられない、とのことだから、素早く移動して街に戻ろう。

何だか楽しそうな話し声が後ろの方から聞こえるけど、戻ることが第一なので放置だ放置。

楽しそうに話していると思ったら、ナナミさんが俺の隣に並び立つ。

「ツグミも女子会に参加して良いニャ！」

「あ、俺のことはお構いなく」

「ニャ、ニャんでニャ！」

そんなこと、聞かなくても分かるでしょうに。

にゃふふと笑いながら自信満々に言うけれど、俺の言葉に叫ぶナナミさん。

俺はリグ達に埋もれて1人で寝るからお構いなく、って感じで。

ヒバリに言わせるなら、もふもふパラダイスだな。

おしゃべりしながらも、暗くなる前に街へ帰ることができ、その足で宿屋へ向かう。

もちろん部屋はふたつ頼んで俺とリグ達、ヒバリ達と分かれてしっかり中に入る。

リグ達がいるとは言っても、ゲーム内で1人になるのは初めてかもしれない。

初めて、だよな？

ヒバリ達は3人部屋で、俺とリグ達は1人部屋。

向こうは向こうに任せるとして、俺達はスキンシップでもして寝ようかな。

櫛《くし》とか買ってあるから、リグもメイも、小桜も小麦もひたすら毛並みを整えて、もふもふふわふわにしてみよう。俺なら出来る。


「さて、まずはリグからな。おいで」

(*'w'*)

「シュ～シュッ！」

「櫛を通さなくても触り心地《ごこち》最高なんだけどな。痒《かゆ》いとこ無いかー？　あ、艶《つや》が出てきた」

ベッドに座ってからインベントリを開いて櫛を取り出し、ベッドの上にいるリグを呼ぶと、すぐさま飛んで来て膝の上に着地。背中を何度か撫でてから櫛を通す。

リグは毛足が長いとは言えないし、毛並みが乱れたところを見たことが無いから、どうなんだって話だけど。でも楽しいし、リグも嬉しそうなので良し。

しばらくリグとのスキンシップを楽しみ、続いてはメイ。

膝に乗っていたリグを横に移動させ、メイを呼ぶとトコトコと歩いて俺の足元に来てくれた。

抱き上げて膝の上に乗せ、櫛を持ってメイの毛に櫛を通していく。

モフッとした柔らかな手触《てざわ》りと、動物特有の高めの体温に癒やされる。羊魔物だけど。

「結構、羊毛が溜まってきたな。ギルドルームでゆっくりする予定があったら、皆で毛糸作ろうか」


(*´ェ`*)


「めめっめめめぇめめめぇ」

櫛を通せば通すほど、もっふぁという感じでメイの羊毛が抜けるので、インベントリから羊毛の入った麻袋を取り出してその中へ入れた。

麻袋の中は結構溜まっており、毛糸にして何かを編《あ》めば、良い感じの物が出来るんじゃ無いだろうか。マフラーくらいしか編めないけども。

「よっし、メイも最高の毛並みになったぞ。次は小桜と小麦だな。まずは小桜からだな、おいで」

(*ﾟωﾟ*)

「にゃんにゃ」

メイがもふもふなら小桜はふかふか。

俺の隣に来ている小麦が足に顔を擦《す》り付けてくるので、首の後ろをカシカシ掻《か》くとぷるぷる耳を震《ふる》わせていて可愛らしい。

メイは羊毛が櫛で取れるのに、小桜達は抜け毛が無いなぁ。これもちょっと謎。

小桜のブラッシングが終われば、最後は小麦の番。

小桜を横に置いてから小麦を膝の上に乗せ、懇切丁寧《こんせつていねい》な俺の櫛使いで癖《くせ》になって次もねだってくれたら嬉しい。

いくらでもブラッシングしちゃうぞ。俺自体も凄い癒やされるし。

「そろそろ寝ないと回復しないな。電気消すぞ、ベッドに潜《もぐ》り込んだか？　はいお休み」

ウインドウを開いてインベントリへ櫛を戻すとき、ゲーム内時間も確認をするとなかなかに良い時間だ。

俺達は健康優良児なので、しっかり寝ておかないと。

リグ達が思い思いの場所に潜り込んだのを感じ取り、枕元にある照明のスイッチを切る。

肩のあたり、脇のあたり、足元のあたりが幸せに満ちていると言っても過言《かごん》では無い。

もう少しだけ堪能《たんのう》してから眠りについてもバチは当たらない……はずだ。

ほら、俺にはかなり死蔵《しぞう》しているＨＰＭＰポーションがありますし？　なんてな。

時間にして数分だけ、リグ達の温かさと柔らかさを堪能し、俺は目を閉じて意識を落とす。

するとすぐに眠気《ねむけ》にも似た何かが襲《おそ》ってきて、大体数秒後には目が覚める。

慣れてきたとは言え、やっぱり違和感があるんだよな。

まぁ良いか。ヒバリ達と合流しないと。

◆
◆
◆

大体これくらいの時間に宿屋の出入り口で待ち合わせ、って決めていたんだけど、ヒバリ達はまだらしい。

リグ達とのんびり日光浴をして待つから良いけど、寝坊とかなら目を当てられない。

10分くらい待って来なかったら久々にチャットするか。


「ふぁあぁ」

今日の天気も快晴と言っても過言では無く、世界の中央部分に帰ってきたから温暖《おんだん》でな。太陽の日差しを浴びているとポカポカしてきて、あるはずの無い眠気がやってくるような気がする。

思わず条件反射で欠伸をすれば、俺のことを見ていたリグ達もくぁっと欠伸をする。

欠伸って見たら自分もしたくなる魔法があるよな。

今にも寝てしまいそうな微睡《まどろ》んだ雰囲気の中、ぼんやりしながら待っていたらギリギリ1分前に慌ただしくヒバリ達がやって来た。

彼女達が受付に部屋の鍵を返しているとき、ふと頭上のステータスを見ると、昨日の数値とほとんど変わっていないことに気付く。

え？　これ、寝てない？

えー？　と言う感情と共に何となくの眠気も去り、ジトーッとした目で彼女達を見てしまう。


「あ、夜通し女子会してたのバレた！」

「バレるよ。何故バレないと思ったし」

「美少女との語らいはめくるめくひとときだったニャ」

俺の視線を受けたヒバリはバレたと謎の驚き方をしており、ヒタキは開き直っているのか平静な様子。

そしてナナミさんは両頬に手を当ててクネクネ左右に揺れ、俺が見ていることに気付いた途端「ポッ」と自身で照れを表現する。

ちょっと良く分からないですね。まぁあとでポーション渡すか。

「……さて、いつまでも変なことしてないで朝ご飯しっかり食べてから村に移動するぞ」

ずっと出入り口でうだうだしていても邪魔にしかならないし、さっさと切り替えて隣にある食堂へ向かうことにする。

「ニャ〜ん。この場はニャニャみさんの奢《おご》りニャ！　美味しいご飯のお礼も兼《か》ねてるニャ。いっぱい食べると良いニャ」

「え、結構食べるけど」

空《す》いている食堂の特に人のいないところに座り、思い思いの注文をしようとしたらいきなりナナミさんが言い出す。本当に結構食べるぞ。

「ニャっふっふ、出来る猫は宵越《よいご》しの金を持たニャいニャ」

満を持して二度目のちょっと良く分からないですね。使い方を間違えている気しかしないけど、何となく合っている気にもなってしまう。

そして納得しかけたところで、朝にしては大量の注文をしているヒバリとヒタキに気付いた。

視線をそちらへ向けても遅かったようで、もう注文が通ってしまった。……まぁ良いか。

料理ギルドのおかげで大分ＮＰＣ料理の味が改善されたとは言え、やっぱりどこか物足りないような気がする。

ゲームの世界だけで満足を得られないように、って配慮《はいりょ》なんだけど、美味しいけど物足りないってムズムズするな。

ナナミさんがノリノリでメイの食事を手伝ってくれているおかげで、俺はリグにゆっくりと食べさせてあげられた。

リグとメイは、お腹の空《す》いた雛鳥《ひなどり》よりも食べるスピードが速く、わんこ蕎麦《そば》状態になるのが定説だから。もう少し慣れたら俺もプロ並みの手さばきになる……んだろうか。

「ミートパイおいひぃ〜！」

「美味しいかニャ？　美味しいかニャ？　美少女が美味しそうにモグモグしてて、ニャニャみさん大満足ニャ！　お布施《ふせ》に力が入るニャ！」

「……ん、悪い気はしない」


口いっぱいにミートパイを頬張《ほおば》るヒバリを見て、テンションが上がりまくっているナナミさん。

ち、ちょっと何言ってるのか良く分からないです三度目。

うんうん頷きながら小桜に料理を分け与えるヒタキの手つきを見て俺はこれがプロか、と謎の感動を覚えてしまう。

10分後にはあれだけたくさんあった料理も一通り食べ終え、今や追加の貢ぎ物らしいドライフルーツを残すのみ。

それもすぐに食べてしまったので食堂から出る。

だけど、もう街に思い残すことも無いし、そのまま外に出て川魚が名産だと言う村へ向かう。

「魔物を倒しながら行くと時間がかかる。出来るだけ避けつつこの時間からだと、村に着くのは多分暗くなるギリギリ。頑張ろう」

「頑張ろー！」

「ニャー！」

ヒタキ先生の言葉を聞いて同じように片手を高く掲げ、楽しそうに笑うヒバリとナナミさん。楽しそうで何より。

人が通った道は人の臭いが染みついているから避ける魔物と、手っ取り早く人を襲えるからむしろ好む魔物がいる。

俺達には、スキル【気配探知】が使えるヒタキがいるから良いけど。

とは言っても、出来るだけ魔物を避けて村への道を歩いても、かなり時間がかかる。

その間、彼女達は話すことが無くなるんじゃって勢いで、会話を楽しそうに続けていたんだけど、そんなことは無かった。

自分達のゲームスタイル、どう言う旅をしてきたか、どんなＮＰＣに会ったのか、現実世界での会社や学校のこと、挙《あ》げ句の果てには恋愛話も。

お、お兄ちゃんはヒバリとヒタキにか、かれ、しとかまだ早いと思ってるから！

「……暗くなってきたな」

楽しくおしゃべりをしながら村への道を歩き、ふと空を見上げると、大分太陽が傾いてあたりが薄暗くなってきていることに気付く。

ヒタキが言うには、8割くらいの距離まで来てるらしいけど、暗くなってきたら夜になるのはすぐだと思うので、心持ち早めに歩こうか。

俺達が川魚の村にたどり着いたのは、村の入り口にある篝火《かがりび》に火が入れられようとしていたころ。

つまるところ夜ギリギリだったってことだな。

長距離の移動も視野に入れて馬車とか、何か徒歩よりも早く移動出来る何かが欲しいかもしれない。

「今の時間帯でやってるのは、あの小さいギルドと作業場、食堂兼《けん》宿屋くらい。どうする？」

村の中に入り開けた中央に来た俺達はどうしようか少し悩む。

ヒタキの言うとおり、明かりが煌々《こうこう》としているのはギルドと作業場、人の気配がして賑わっているのは食堂兼宿屋だ。

どうする？　とヒタキが首を傾げるのを見て俺はまた悩むも、ヒバリに服の裾《すそ》を引っ張られてそちらを見る。

「ツグ兄ぃ、ご飯食べながら考えよ？」

片手でお腹を押さえながら俺の服の裾を引っ張るヒバリの姿は、どことなく悲愴感《ひそうかん》が漂ってきている。

確かに食堂からは、賑やかな雰囲気と共に焼き魚の良い匂いなども香ってきており、これは食い意地の張ったヒバリにはキツいだろう。

「まずは宿屋で部屋を取ってから夕飯で」

ゲームの中でもご飯のことになると目の色を変えるヒバリに苦笑し、彼女の頭を適当に撫でながら反対の手で食堂兼宿屋を示し頷く。

「やったニャー！　やっきざかニャ！　やっきざかニャ！」

すると明るく輝いた表情を浮かべるヒバリと同時に、ナナミさんが万歳スタイルで喜ぶ。

俺より年上みたいなんだけど、何となく妹が増えた感覚に陥《おちい》るのは何でだろう。

それは置いておき、最初に宿を取らないと。

食堂と宿は一見別々の建物みたいだが、ウエスタンドアで繋がってるやつだ。

1人部屋と3人部屋を取って鍵をもらい、ドアをくぐり抜け食堂へ。

なんか今回もナナミさんが奢りたいらしい。

もちろんリグ達もお客さんなので追い出されることは無い。

ファンタジーな世界だから凄い寛容《かんよう》で驚くよな。

感極《かんきわ》まったように国宝にお布施、世界遺産《いさん》に寄付《きふ》など口走っているナナミさんを全力で無視し、席に座った俺達は好き勝手注文し始める。

自分の世界に入ってた癖にナナミさんは素早く料金を支払っており、シーフになるとはこういうことかと、俺は謎の感動を覚えていた。

◆　◆　◆

夕飯を食べ終わった俺達は、もう一度ウエスタンドアを通り宿へ。

ずっと話しても良いけど騒がないことを約束してから自身の部屋へと入っていく。

「明日も忙しいかもなぁ」

ベッドに横たわった俺の周りをリグ達がモゾモゾ動き、良いポジションにはまったのかピタリと動きを止めたところを見計《みはか》らって電気を消す。

目を閉じる前に隣で話に花を咲《さ》かせているであろうヒバリ達のことを思い、小さく呟いてから目を閉じる。

そしてパッと目を開ければあれだけ暗かった部屋は太陽の日差しで明るくなっており、体を起こそうとするも、重しが乗ったようにあまり動かない。

天井ばかり見るのでは無く自身の体に目を向ければ、ベッドの中に潜り込んで寝ていたはずの小桜と小麦がおり、俺の視線に気付いた2匹は小さく鳴いた。

うん、おはよう。

胸とお腹のあたりで丸まっていた2匹には悪いけど退《ど》いてもらい、いまだ気持ちよさそうに寝ているリグとメイを起こす。

昨日より少しだけ余裕を持てる時間を集合の時刻にしたんだけど、大丈夫か心配してしまうのは仕方ないと思う。

「さて、忘れ物も無いしそろそろ行こうか」

リグの寝床と化していたコートを羽織《はお》り何度か引っ張って形を整え、フードの中にリグが入ったのを確認してから部屋を出る。

やっぱり俺の方がいち早く来てしまったようだ。

でも今回は、俺が受付に鍵を返却している途中、ヒバリ達が来たので感心したのは内緒。

ここでの目的は川魚を食べること。

釣《つ》りをするのか罠《わな》を仕掛けるのか素手《すで》で捕まえるのかは分からないけど、唯一分かることは朝もしっかり食べるってことだけだ。

太る心配が無いからと、ナナミさんの奢りで朝食をモリモリ食べ、終わると食堂から出て北西にあると言う川へ歩き出す。奢りなのはもうなにも言うまい。

「かわざかニャニャらニャんでも獲《と》れるらしいのニャ！　今から楽しみで楽しみで仕方ニャいニャ！」

ナナミさんがご機嫌なのは良いけれど、何でも獲れるとか季節のことは丸っと無視しても構わないんだろうか？

そんなことを思っていたら、いつの間にかヒタキが俺の後ろにおり、ポンッと手を肩に乗せ「ファンタジーゲームの特権《とっけん》だよ」と呟いた。

な、なるほど。

たどり着いた川にはＮＰＣの人もプレイヤー冒険者もおり、ＮＰＣの人は魚を獲っていたり、もたつくプレイヤー冒険者の世話をしていたりって感じか。

そして何より川の中に鎮座する構造物。これには俺も見覚えがあるぞ。


「あ。これ、梁漁《やなりょう》だな」

「やなりょー？　なぁにそれ？」


梁漁って言うのは川の中に足場を組んで木材などで梁《やな》と呼ばれる建造物を置き、上流の方から流れに沿《そ》って泳いできた魚がかかるのを待つって感じだな。

その日にもよるけど結構魚がかかる、らしい。

俺の言葉に頷いているヒバリには悪いが、お昼の情報番組で仕入れたやつだから。

詳《くわ》しくは調べてくれ。

プレイヤー冒険者達が焚き火で魚を焼く匂いに耐えられなかったのか、ナナミさんは梁の近くにいるＮＰＣへ走って行く。

風に乗って聞こえてくる声から察するに、魚を獲らせて欲しい！　食べさせて欲しい！

金ならある！　かな？　ちょっと落ち着いて欲しい所存《しょぞん》だ。

少し引いていたＮＰＣさんから簡単な諸注意を聞き、俺達は自分達で食べる魚を獲ることに。

ちなみに獲った魚は１グラム＝１Ｍの計算で支払えば良いんだって。簡単決済で大変結構。

「アユ、イワニャ、ヤマメ、シャケ、ウグイ、オイカワ、マス、ススキ、ウニャギ、ドジョウ、フニャ、ニャマズ！　色んなさかニャがニャニャみさんを待ってるニャ！」

ＮＰＣさんから許可をもぎ取ったナナミさんは、魚の名前を叫びながら川の中へ入っていく。

大丈夫そうだから放って置いても良いかな。

リグ達は万が一を考えて入らないよう伝え、獲った魚を入れるための桶《おけ》を借りてから梁へと向かった。

「ツグ兄ぃがいるから獲った魚は美味しくいただける。つまり……」

「お魚フィーバー」

「うんうん！」

ヒバリとヒタキの会話を聞きつつ、俺はハハと乾《かわ》いた笑いを漏らす。

ええと、ゲームのリアリティ設定を切っている俺達は、川の流れで動きが鈍るくらいだ。

だからザブザブ川に入っても濡《ぬ》れず、体を冷やすことも無く簡単に梁のところまで行くことが出来た。

当たり前だけど先にはナナミさんがたどり着いており、彼女の両腕には様々な魚が抱えられている。

凄く輝いた良い笑顔でこちらに近づいてきた。

これならパッと見るだけでも、叫んでいた魚の半分くらいは獲れているんじゃないだろうか。

「ツグミ、桶持って来てくれてありがとニャ！」

「あっはい」

俺が桶を抱えていることに気付いたから、ナナミさんは寄ってきたらしい。

彼女に桶を差し出すとドサッという音と共に魚が桶の中へ入っていき、ナナミさんはまだ獲ると言わんばかりに踵《きびす》を返した。

何とも言えない生臭《なまぐさ》さが漂い、鮮度《せんど》が良いから魚がピチピチ跳ねて動く桶を、俺は大事に抱えるしかなくなってしまった。


「あ、滑ると危ないから走るなよ！」


楽しそうに魚を獲るヒバリとヒタキには水を差すようで悪いけど、どこかで気を引き締めておかないと。

滑って転んで川に転落、そのまま流されるとか笑えない冗談になりそうだからな。

ただ、ヒバリとヒタキに混じってナナミさんも返事したんだけど……まぁ良いか。

俺は3人が持ってくる魚を集める係をしていたんだ。

楽で良いと思っていたんだが、ふと足元に何かが飛び込んできた気がして視線を下げる。

そこには、頭部が平たく4本のヒゲを持つナマズがうねっていた。

良し、蒲焼《かばや》きにしてやろう。

そうと決まれば膝を折ってしゃがみ込み、桶から魚が飛び出さないよう慎重にナマズを捕獲《ほかく》しようと手を伸ばす。

当たり前だけど体がヌルヌルしていて掴み難《がた》い。

細長い円筒形《えんとうけい》の体を指で上下に挟み込み、ゲームを始めてから一番ゆっくりとした動作で桶の中へ。

「はぁ……」

かなり緊張《きんちょう》した、の一言に尽きる。

桶の中でナマズを掴んでいた手を見ると、掴みにくかっただけで粘液《ねんえき》などで輝いてはいない。

ありがとうリアリティ設定。設定のおかげで俺の手は守られた。

俺達はたっぷり1時間くらい梁の上におり、8割程度桶を満たしたところで、そろそろリグ達のところへ帰ろうという話になった。

見えている場所で日向《ひなた》ぼっこしているからと言って、離れていると少し不安になってしまうのは保護者体質のせい。

「まず焚き火で焼きざかニャ食べるニャ！　ツグミ桶を貸すニャ！　精算はニャニャみさんに任せるニャ！　焼きざかニャの生産はツグミに任せるのニャ！」

「あ、え？　えー……」

皆で川を渡って戻ろうかと言うとき、魚で興奮しすぎているナナミさんがマシンガントークを始めたと思ったら、俺の抱えていた桶を持って走り去ってしまう。

遠い目でナナミさんを見ることしか出来ず、ヒバリとヒタキに至ってはポカンとした表情だ。

「とりあえず、ナナミさんが痺れを切らす前に帰ろうか」

「あ、うん」

「ん」

この場で呆《ほう》けていても仕方ないので2人を促《うなが》し、川を渡ってリグ達の元へ行く。

仲睦《なかむつ》まじく団子になって日向ぼっこするリグ達は可愛いなぁ。

桶の重量的に5キロくらいだったと思うので、5000M？　本当に安いな。

5分くらい経って、籠《かご》に入れ直した魚を持ち、こちらへ走ってくるナナミさんに気付く。

◆　◆　◆

魚が盛りだくさん詰め込まれた籠を両手に持ち、走り寄ってきたナナミさんの表情は明るい。

籠を俺に押しつけると自身はヒバリとヒタキを伴《ともな》い、焼き魚のために良さげな石を集めて焚き火の準備をするらしい。

良し、じゃあ俺は魚の準備でもするか。

とは言っても、内臓の下処理をして手頃な棒をインベントリから取り出して、良い感じに刺して焼けばいいだけ。

現実だったらもう少し工程があったりもするが、ゲームでスキルの補正《ほせい》を受けられる今、わりと雑な手順でも美味しいものが出来る。

俺にとっては大した下処理でも無いのですぐに終わり、棒と言うより串に刺したシンプルイズベストなやつが準備できた。

でも焚き火でやると、って言うより皆でワイワイ食べると最高に美味しいやつだ。

「ニャんニャんツグミ、この岩塩は使えるかニャ？」

「お、ピンクの岩塩。十分だよナナミさん」

ヒバリ達の元へ近づいていくと、気付いたナナミさんがクルリと振り向き、自身のインベントリを操作《そうさ》してピンクの塊を取り出した。

ピンクの岩塩は鉄分が多いとか何とか。これも情報番組の聞きかじり。

「ニャふふ〜。山でお散歩してたら魔物と一緒に見つけたニャ。大きい塊でいっぱいあるから、これはツグミにあげるニャ」

どんなお散歩だよ、とツッコミを入れないことが大事だ。

ありがたく受け取り、俺は焚き火の側《そば》へ寄る。

良い感じの石の隙間に魚の串を刺し、良い感じに焼いて皆に美味しい焼き魚を振る舞いたい。

皆が涎《よだれ》を垂らしかねない表情で焼ける魚を見ているので少し笑い、ピンクの岩塩を使うためにインベントリを開く。

作業場ばっかり使ってたからあまり使ってない、調理セットに付いてたナイフ。

これで岩塩を削り魚にかけてやろう。

焼き魚における焚き火の火加減は難しいところだけど、俺の料理スキルに甘えれば良い。

これ、本当に便利だよな。

ある程度雑にしても、美味しく料理が出来ちゃうんだから。

「あぁ、そろそろかな？」

「ニャニャ！　涎が止まらニャいニャよ～！」

「そうだよ！　早く食べたいにゃ～！」

ゆっくり回しながら魚を焼いて加減を見ていると、どんどんナナミさんやヒバリが近づいてきている。

ヒタキは２人より食欲に忠実《ちゅうじつ》じゃ無いから近寄ってきてはいないけど、その代わりにリグ達が寄ってきているように思えた。

良い匂いだもんなぁ。はは。

良い感じにふっくら焼き上がった魚が刺さった串を持ち上げ、それに視線が釘付《くぎづ》けになっているナナミさんとヒバリの目の前で、右へ左へと揺らしてみた。

猫じゃらしを前にした猫のようでちょっと楽しい。ナナミさん猫人だけど。

「これくらいかなぁ。ほら、熱いから気をつけて食べるんだぞ」

長年の主夫としての勘と料理スキルを信じ、美味しそうな焼き魚が出来たと皆に伝え、彼女達の手に串を握らせる。

こんがりと焼き色の付いた焼き魚は暴力的なまでに良い香りを漂わせるが、早速と言わんばかりに齧《かじ》り付いたナナミさんに牙を剥《む》いた。


「あっちぃニャあぁぁぁぁあぁっ！」


出来立て熱々を直《じか》に感じたいとリアリティ設定を切ったそうですよ、この人。

俺の忠告をそうそうに無視したナナミさんは放っておき、ヒバリとヒタキはと言うと、ちゃんと小桜小麦のために身を解《ほぐ》して、冷ましてから分けていた。

俺達はリアリティ設定を切っていないので、熱さも骨も気にしなくて良い。っと、リグとメイが待ちきれないように俺を見ているから早くしないと。痺れを切らせて焼き魚に突進したら大惨事だからな。

焼き魚を見て目を輝かせるリグとメイに食べさせつつ、自分も十分冷ましたものをひと口。

瑞々《みずみず》しい身はふっくらしていて、噛めば噛むほど上質な脂《あぶら》が溶《と》け出した。

焦げ目の部分は香《こう》ばしく、岩塩が濃《こ》いめにかかった部分も特段に美味しい。

「熱いから気をつけるんだぞ。焼き立てだからな」

「うニャ、ニャんか胸に刺さるニャ」

メイが自分で焼き魚を食べたいと言い出したのでハラハラしながら見守り、俺の言葉にナナミさんがちょっと落ち込む。

でもその胸、がっついてしまった戒《いまし》めとして痛めておいた方が良いと思う。

まぁそれも置いておき、綺麗《きれい》さっぱり焼き魚を食べ終えたから、後片付けしてそのあとは……皆で考えるか。


「はぁ～、おいひかったぁ～」

「ん、至福《しふく》」

自分のお腹に手を当てて擦りながら言うヒバリと、その意見に同意するヒタキが何度もコクコク頷く。

至福の一時を過ごせたなら何よりなんだけど、焼き魚の量的には足りないと思うんだよ。ほら、食べ盛《ざか》りの育ち盛りだから。

最近ゲームで料理もしていなかったし、色々と融通《ゆうずう》してくれたナナミさんに感謝の意味も込めて村にある小さな作業場に誘う。

たくさん料理を作ってナナミさんに持たせ、ユキコさんと食べてもらうのも良し、忘れ気味なギルドルームの保管庫に置いてルリ達に食べてもらうのも良しだ。

もちろん自分達が食べても良し。

彼女達を誘うとすぐと言うよりも喰《く》い気味に返事をされ、一応やり残したことが無いか確認してから村へ戻る。

露天商《ろてんしょう》を覗いたりして残り少なくなっていた食材などを買い足し、これはさすがに自分達で支払って作業場へ。

村の作業場は小さくて個室は無く、作業台も3台ほど。

でも誰も使っている様子は無いので俺の独壇場《どくだんじょう》になることこの上なし、だ。

せっかく色々な種類の川魚が獲れたんだし、何種類か作りたいよなぁ。

綺麗な料理よりも美味しくてたくさん食べられる料理。意外と難しい。

「さかニャ料理と言えば、この前ユキコと食べに行ったニャんばん漬《づ》けが美味しかったニャ～。ツグミ、作れるかニャ？」

作業台で何を作ろうか悩んでいたら、涎を垂らしかねない勢いで俺に話しかけてきたナナミさん。

これは食べたいなってリクエストで良いんだよな？

「あ、じゃあまず白身魚で南蛮漬《なんばんづ》けを作っていこうか。10～12人前くらいを想定するから、手伝ってくれたら嬉しいな」

もちろんリクエストはお安いご用だ。あ、でもたくさん作ると思うから手伝って欲しい。

「指示してくれたら、ツグ兄ぃのスキル効果で、私だって料理が出来るみたいに動けるから、大丈夫！」

「ん、お任せあれ。ツグ兄の指示があれば私達も手伝える」

「多分少しくらいは現実でも手伝える、はず」

「……む、希望的観測」

手伝って欲しい、と漏らした言葉はヒバリとヒタキがきっちり受け止めたらしく、元気な返事をもらうことが出来た。

ちなみにナナミさんもしっかり頷いていたので、彼女にもいっぱい手伝ってもらおう。

それなりに料理するから任せて欲しいと言っていたんだけど、ヒバリ風に言うフラグにならないことを祈るばかり。

白身魚、ピーマン、タマネギ、ニンジン、スライムスターチ、油。

調味液に水、酒、お酢、砂糖《さとう》、塩コショウ、レモン、スライムスターチで大体の材料かな。

量が多いけど作り甲斐《がい》がある、とは思う。

料理スキルに頼った調理の仕方になるからアレだろうけど、最終的に妹達が笑って美味しいって言ってくれたら大勝利なので気にしない。

とりあえずまぁ、俺は魚の下処理をしてヒバリ達には野菜の千切りをしてもらうか。

何しろ量が多い。

◆　◆　◆

ナナミさんが料理を手伝ってくれるに当たって、切っても切れないものがある。

それは獣人の姿でプレイする全ての人達に生《は》えている毛、だ。

体毛というか毛皮というか、ゲームと言えどもちょっと許容《きょよう》しかねないかもなぁ～って。

そこはかとなく大胆にナナミさんに問うと、両手に持った動物に与えてはいけないランキング上位に入るタマネギを作業台に置き、スッと無言で自身のウインドウを開く。

するとー瞬の出来事で何が何やら状態なんだけど、猫人の姿から人の姿に変わったナナミさんが立っていた。


「あっ！　変身って言いながらやれば良かった！」

「ナナミさん可愛い！」

「ナナミさん、ニャって言ってない可愛い」

「やぁ〜だぁ〜もぉ〜てぇれぇるぅぅううぅっ！」


獣人の外見は装備品扱《あつか》いだ、って言っていたような？

ヒバリとヒタキに褒められ、クネクネしながら喜んでいるナナミさん。

内巻きボブの黒髪に少し垂れ気味で同色の目、全体的には猫と言うより外見は小型犬の性格ゴールデンレトリバーって感じか？

もちろん俺も周りに便乗《びんじょう》する男なのでナナミさんに「可愛い」と伝えると、何故か彼女は奇怪《きかい》で小さな叫びを上げて頽《くずお》れた。

褒め殺しに耐性が無かったらしく、トドメを刺された様子。

ええと心配だったことも解決したことだし、南蛮漬けの料理作りに戻ろう。

一応、他の料理に使うかもしれないから、野菜は切り終わったら別々のボウルに入れてもらおうかな。

「包丁を使うなら猫ちゃんの手でやるんだよ〜！」

「は〜い！」

「ツグ兄ぃ、こちらはお任せ」

なんか向こうは向こうでやってくれるらしいので、俺は俺のすることに集中しよう。少しハラハラするのはご愛嬌。

リグ達は作業場の隅で団子状になって寝ており、その姿に癒やされる。

ええと、適当な魚を三枚おろしにして、あらかた骨を取って好きな大きさにぶつ切りにする。

時折何かをしでかしそうなヒバリ達にちょっとした助言を与えつつ、大きなボウルの中に魚の切り身を入れて、酒を回しかけ揉み込む。

これをやるのとやらないのとじゃ、臭みの抜け方が違う。時間が無くてもやった方が良い。

電子レンジなんて無いので野菜を一度しんなりするまで炒《いた》めなくちゃならない。

竈《かまど》でやれないことも無いだろうけど、慣れないことはしない方が良いと思うのでフライパンで炒めてしまおう。

彼女達の準備に目を離していたのが悪かったのか、目を向けたときには大量の野菜がボウルに盛られていた。これは凄い。

「……とりあえず炒めよう。色々と使い道もあるし」


楽しくやっていたみたいだし、そこまで困ることでも無いからまぁ良いか。

ヒバリ達には一足先にフライパンに油を引き、大量の野菜を炒めてもらおう。

俺は魚のぶつ切りに塩コショウで下味を付けたり、スライムスターチを満遍なくまぶしたりするからな。

フライパンにスライムスターチをまぶした魚のぶつ切りを並べ、油を回しかけて揚げ焼きにする。

軽くだとしても火が通るまで時間がかかるので、その間に調味液を合わせておく。

調味液なんだけど、俺はスライムスターチを少しだけ入れて、とろみを付けた方が好きだから入れるんだ。だから好みで大丈夫。

あとは魚と野菜を合わせて調味液を入れて一煮立《ひとにた》ちさせるんだけどヒバリ達の方はどうなっているんだろう？

そっと彼女達を見てみれば、先ほどのテンションが振り切れた姿は何だったのかと言わんばかりの真剣さで、野菜を炒めることに集中していた。まぁ良いか。

炒められて、湯気が揺らめく野菜をもらい、俺はフライパンの中にそれらを入れた。

仕上げに火を通す感じなので調味液を入れ、軽く煮立ったら火を止める。

深めの木皿に半分程度の野菜を敷《し》き、魚、野菜と敷き詰め、最後に残った調味液をかければほぼ完成。


【白身魚の南蛮漬け】

様々な種類の白身魚に3種類の野菜と甘酢を絡めた料理。スライムスターチでとろみが付いており、食べ終わるまで熱々。比較的長く保存出来る料理でもある。レア度4。

【製作者】ツグミ（プレイヤー）

「あぁ～、幸せの匂いがするぅ～」

「まだまだ材料があるので食べるのは先ですよ」

「うぅ、幸せのためなら致《いた》し方にゃい」

出来上がった白身魚の南蛮漬けに誘われてフラフラッとナナミさんが来たものの、心を鬼にした俺の言葉に、ガックリ肩を落として帰って行く。

帰るとき多めに持たせるし、作り終わったら食べ放題みたいなところあるから元気出して欲しい。

それから無心で白身魚の南蛮漬けを作っていたら、食材がたくさんあったこともあり、当初の予定よりも多く作りすぎてしまった。

いや、予定より倍以上作っていたとしても、分けたり食べたりすればすぐになくなってしまうか。

「ツグ兄ぃ、これパンに挟んで食べたらおいしそぉ～」

今度はヒバリがふらふらと寄って来た。

彼女の言葉を聞き、俺はインベントリの中に残っているパンを想像する。

確かに美味しそうではあるけど、役割を担《にな》ってくれるパンが無いと思う。

まぁ、無かったら作れば良いのが俺達だから、ええと。

「……コッペパンでも作るか」

小麦の優《やさ》しい味がするコッペパンなら、味が濃いめの南蛮漬けと相性《あいしょう》がバッチリだと思う。

そして何より、作り方が他のパンより比較的簡単。

彼女達にそちらを任せている間、他のものを俺が作れると言うメリットもある。よしそうしよう。

早速取りかかろうと、白身魚の南蛮漬けに使った道具を洗ったり、インベントリから食材を取り出したりする。

ヒバリは自分の意見が通って嬉しいのか両手を挙げて喜び、ナナミさんは美味しいものがより美味しく食べられる！　と少し元気になった様子。


「ツグ兄、コッヘルは？」

「それは登山用の炊事《すいじ》道具一式だから関係ないかな」

「てへ」


俺が忙しくしているのを見計らったように、ヒタキが話しかけてきたんだけど、さすがにそれは流されないよ。

真顔のてへは怖いから、と苦笑しながらインベントリから最後に取り出したのはリンゴ。

大量にあったリンゴもかなり少なくなってきた。

ヒバリ達が作るのは素朴《そぼく》な味のコッペパン。

そして俺が作るのは、バラの花を模《も》したアップルパイと、卵白《らんぱく》を使ったメレンゲクッキー。

摘《つ》まみながら食べるオヤツとして作ったらいいと思ってね。

ずっと前から作ってみたいと思ってたんだ。

パンとパイで大分違うと思うんだけど、スライムスターチで作る時点で違いはあって無いようなものだと思い込んで欲しい。

なので、俺と彼女達とある程度一緒に作り、竈を使えるようにしてもらってからが本番と言ったところ。

ヒバリ達のパン生地《きじ》は焼いても良いけど俺のはリンゴを巻いて焼くから後で。

リンゴは櫛形《くしがた》にスライスし、耐熱皿にリンゴ、バター、砂糖、シナモンを入れて蓋をし竈で4分くらい加熱。

しんなりするまで加熱し、竈から取り出し粗熱《あらねつ》を取る。

加熱の影響で水分が出てるのでそれを切り、パイ生地を用意し大体1・5センチ幅の細長い形に。

とりあえず50個くらい作れるくらいかな。足りるかは不明。

パイ生地に櫛形のリンゴを並べ、クルクルっと隙間無く巻いていく。巻き終わりはしっかり摘まんでくっつけ、バラの花びらを整えるように外側へ広げる。

天板にたくさん作ったバラの形のアップルパイを並べ、つや出しのため卵黄《らんおう》を塗《ぬ》って、15分くらい焼く。

あ、メレンゲクッキーも平行してやるの忘れてた。て、てへ。

◆　◆　◆

前にも作ったことがあるから手早くメレンゲクッキーも作り、あと何品か……って思っていた時期が俺にもありました。

駄目だ。ナナミさんがしてはいけない表情をしている。もう待てないらしい。

「皆に作ってもらったコッペパンに南蛮漬けを挟んで、オヤツにアップルパイとメレンゲクッキー、飲み物はハーブティーで」

「いやっっっっふぅ～！　ご飯ニャ！　ツグミのご飯は世界一ぃぃぃぃぃいいいい！」

ヒバリとヒタキもリグ達も目を輝かせて期待しており、それを振り切れる俺ではない。

言いながら俺は食事の準備を始め、ヒバリは使った調理道具の片付け、ヒタキはリグ達を椅子に座らせている。

ナナミさんは喜びながらいつもの猫人姿に戻り、俺の周りをウロウロ。犬か。

白身魚の南蛮漬けをコッペパンに挟むというヒバリの提案は、とてつもなく良い結果をもたらした。

俺はどちらかと言えば、美味しいものに出会ったら一緒に分け合いたい派だからアレなんだけど、ヒバリとヒタキが小桜小麦を忘れて、一気に食べ終えたほど。


【白身魚の南蛮漬けを挟んだコッペパン】

少し濃いめの味付けがされた南蛮漬けと、素朴なコッペパンのコラボレーションが堪《たま》らない一品。大海を司《つかさど》る女神に捧《ささ》げる供物《くもつ》として優秀《ゆうしゅう》かもしれない。多分。レア度６。水中呼吸＋15分。

【製作者】ツグミ（プレイヤー）、ヒバリ（プレイヤー）、ヒタキ（プレイヤー）、ナナミ（プレイヤー）

挟みパンを作る材料はたくさんあるから、ふたつ目を作るのは決定だとして、ヒバリとヒタキは食べちゃいけないと言うことで。

もう1個食べられるの！　とナナミさんが期待した目をしているんだけど、メレンゲクッキーで我慢してて。あとで色々渡すから。

そう言えば、いつまでナナミさんは俺達といてくれるんだろうか？

彼女に聞くと、元の場所まで帰らないといけないのでそろそろだと言っていた。

あぁそうか、俺達の場合は保護者である俺のログインした場所にヒバリ達が来るけど、ナナミさんとユキコさんは大人だから、そういう措置《そち》は無いんだっけか。少し不便だな。

どう言うわけかは内緒だけどと言うわけで、忘れない内にナナミさんに料理を持たせよう。

さっき作った白身魚の南蛮漬けとコッペパン、インベントリの中に入っていた残り物やリンゴジャムやジュースなんかも。

おぉ、かなりインベントリが空《あ》いた。


「ツグミが創世の女神エミエールより女神に見えるニャ。ツグミの服にお金ねじ込んでも良いかニャ？　お布施ニャ！」

「ちょっと何を言ってるのか分からないです」

「お布施ニャ！」


どうやらナナミさんは嬉しすぎて、頭の方が駄目になってしまったらしい。

ここのお金は硬貨《こうか》だからねじ込まれても落ちるし。

無駄に興奮している彼女は放っておき、何をするのかヒバリとヒタキで話し合った方が良いかもしれない。

「そろそろ帰る時間ニャと言いたいとこだけど、もう1回くらいニャニャみさんと共闘《きょうとう》して欲しいのニャ！」

「良いよー！」

「めめめめぇめっ！」

ヽ(＊・ェ・)ノ

全く利用客がいなくとも、用事が無くなった公共物は速《すみ》やかに退出しないといけないとお兄ちゃんは思うわけです。

よいしょ、と立ち上がった瞬間、ナナミさんが縋《すが》るような眼差《まなざ》しで俺に訴《うった》えかけてきた。

声がデカいし共闘という言葉もあり、ヒバリが安請《やすう》け合いのプロとなっていることもあり、メイも喜んでしまい後には引けない。

いや、引けないことも無いけど喜んでいる姿を見てしまったら、駄目だなんて言い出せない。

別に駄目じゃないし。

共闘ってことは魔物を倒すってことだよな？

そんなことをナナミさんに問うと、彼女は「受けてくれると思ったニャ！」と嬉しそうに話しだす。

「倒す敵は大きいカニさんニャのニャ！　村のもう少し上流の方に良くいるみたいニャ。さかニャより優先順位が低かったんニャけど、もうちょっぴりツグミ達といたいニャ。一狩り行こうニャ！」

「カニさん……」

興奮したように、とにかくカニだと話すナナミさんをどうにかして落ち着かせ、作業場から退出した俺達は、あの小さなギルドでカニ討伐の依頼を受ける。

そこまでしっかり戦うわけじゃないけど、もらえるものはもらっておけってことで。

「川には大きなカニがいるって定説がある」

「えぇー。何だそれ」

「川のカニを倒せばカニ鍋が食べ放題！」

ヒタキの言葉に本当かなぁと苦笑し、ヒバリの興奮した叫びに、そうかぁと乾いた笑い。でも、カニと戦ったらドロップするカニの素材って食べられるんじゃ？　急いで湯がこうか？

そんなことをナナミさんに問えば、それくらいなら出来るとのこと。あっはい。

「今から水の近くに行くから、魔物に気を取られて落ちないように気をつけるんだぞ」

俺はまた魔物と戦えると喜んでいるリグ達に言い聞かせたつもりなんだけど、何故かヒバリ達も良い返事をしている気がする。

こんな言葉で危ない真似が抑えられるなら良いか。

戦える時間はせいぜい1～2時間くらい。

村から出て川の上流へ向かうと、木々の合間から大きなカニが何匹も日光浴をしている姿が見えた。

どこかほのぼのとした光景のようにも思えるが、人の背丈《せたけ》ほどのカニが川辺にいるだなんてぞっとしない。イタチごっこだとしても、出来るだけ倒そう。

戦闘とは言っても、今の俺達って過剰戦力な気がしてならない。

でもごり押しで調子に乗った結果、ゴーレムにしてやられてしまったわけだから気をつけないと。

ええとヒタキとナナミさんでカニを1匹ずつ連れてきてもらい、皆で囲んで素早くタコ殴り。

【リバークラブの身】
堅《かた》い甲羅《こうら》に覆《おお》われた頭胸部《とうきょうぶ》と一対のハサミ、および4対の歩脚をもつ節足動物《せっそくどうぶつ》。川に棲息《せいそく》する為め純淡水産《じゅんたんすいさん》。食べ終わるまで皆が黙るほど身もミソも美味しい。

破壊神の半身であるミィがいないと言うのに、やはりメイの攻撃でドロップしても甲羅が壊れている。

ダンジョン攻略のときを思い出し、少し笑ってしまったのは内緒。まぁ壊れた甲羅も出《だ》汁《し》をとるくらいには使えるはず。多分。

「あ、ツグ兄ぃ見て見て！　これレアドロップだって！」

「え、それ。えぇー……」

ドロップ品のカニ身をどうしてやろうかと思っていたら、ヒバリが真《ま》っ赤《か》な何かを抱えて俺の側へ走り寄ってきた。

レアドロップ品？　どう考えてもカニの爪部分なんだけど、いったい何だと言うんだ？

カニの爪を見てみると、説明文が表示される。


【リバークラブのグラブ】

川に棲息するリバークラブの爪を加工した武器。両手にはめて敵を殴れば敵は川のせせらぎが聞こえる、かもしれない。装備者はカニ歩きになってしまう。STR＋30、VIT＋100。


何だこれ。もう一度言うけど何だこれ。

ミィちゃんに渡したら装備してくれるかな！　とワクワクした表情をヒバリは浮かべるけど、このカニ爪装備したミィを見たいか？

カニ歩きのミィ。

ちょっと見てみたい気もするが、さすがに無いだろ。うん。

◆　◆　◆

とりあえず、川の周辺にいたカニはいなくなったので、倒し終わったと思っても良いだろう。

そんなに数もいなかったし、美味しい食材も落とすから気合い入れて倒したんだ。

時間が経てば再出現してしまうんだろうけど、そのことは脇に置いておく。

「……ん？　んん？」

カニ装備で楽しそうに遊んでいるヒバリ達の奥、まぁ川しか無いんだけど、何だか違和感を感じてしまう。

最初は川から頭を出している石だと思ったんだけども、あんなにギラギラ輝いてギョロギョロ動くのって、目玉以外に無いよな？　しかも魔物の。

ヒタキ先生、魔物魔物！　って叫びそうになるも堪えて何故か一考。

そう言えば、魔物が自分よりレベルの高い隠蔽《いんぺい》スキルを持っていたら云々《うんぬん》の話を、前に聞いたような気が……。

俺が何かしたら襲いかかってくるかもしれないし、もしかしたら中立の魔物で様子を窺《うかが》っているのかもしれない。

ヒバリと目が合ったのでどうにかしてくれ、と言う思いを込めて一心に見つめたら、ヒバリが照れた。

何で？　俺が空回《からまわ》りしている間にも、事態は良くなるどころか悪化しているような気がする。

ゆっくりと音を立てずに魔物は川から顔を出し、獲物《えもの》として狙いを定めているのは多分メイ。

「んぶっふぅっ」

マズいと思った俺は、焦っていたので申し訳ないけどヒバリの顔面にリグを投げ、今世紀最大の走りでメイを掬《すく》い抱き、止まることなんて出来ないので転がる。

顔面にリグが引っ付いたヒバリはもちろん、魔物の方も驚いたらしい。

ウシガエルのような魔物は舌でメイを攻撃したけど、俺がメイを抱えて走ったことによって攻撃が空振《からぶ》りに終わる。

すぐにナナミさんのおかげでカエルの魔物は倒され、小桜と小麦は大欠伸をして顔を洗うと言う可愛さのおまけ付き。

「カエル系は隠れるのが得意。気付かなかったのは不覚だけど、ツグ兄のおかげでメイは守られた。グッド」

(*'ェ'*)b

「めぇめっめ！」

「あ、うん。無事なら良いか」

ナナミさんからドロップしたカエルの舌を微妙《びみょう》な顔で受け取りつつ、ヒタキとメイの言葉に頷いておく。

これくらいで動揺《どうよう》していたら命がいくつあっても足りないし、デンと構えているくらいがちょうど良いって偉《えら》い人も言ってた。誰かは知らないけど。

「そろそろニャニャみさんは戻らニャいといけないニャ。また良かったら遊んで欲しいのニャ！」

「今度はユキコさんも一緒に遊びましょう！」

「しょう」

とにもかくにも、魔物は大体倒し終わったので村へ帰り、ギルドでクエストの精算を済ませた俺達は、街へ帰るナナミさんを見送るため村の出入り口の隅っこを陣取る。

楽しそうな3人を眺めながら、俺は渡し忘れなどが無いかの確認。

多めに渡してあるから、しばらくは料理を楽しんでくれるとは思うんだけど。

そう言えば、前に渡していた水筒《すいとう》が帰ってきて少し笑ったのは内緒だ。

またロールキャベツ詰めても良いかもな。

足早に帰って行くナナミさんの姿が見えなくなるまで見送り、俺達は小さな作業場とギルドのある中央に戻る。

午後の部もあるから頑張りすぎるのもアレ、と言うことでログアウトしようか。

「今度はミィを連れて来るから。ゆっくり休んでくれ」

(>w<)ゝ

「シュ～ッ」

ギルドルームに料理を置くのは次のログアウトで良いとして、リグ達をウインドウから【休眠】にして休ませる。

午後の部もたくさん助けてもらうつもり

ミィの名前が出て、戦いに思いを馳《は》せるメイに苦笑しながら休んでもらい、俺達もログアウト。

◆　◆　◆

目を開けて恒例となっている伸びをしていると雲雀と鶲も起き、同じように体を伸ばし同じようにヘッドセットを外す。

リビングの壁《かべ》に掛けられている時計を見ると、お昼ご飯には早い時間帯だ。

ゲームだけで動いてないからお腹空《す》いてないしな。


「なぁお2人さん、俺のお願いちょっと聞いてくれないか？」

「良いよ！」

「は、判断が早い」

「つぐ兄、別に変なこと頼まないし」


やる人数が多い方と、呆気《あっけ》なく終わりそうな方があって、雲雀と鶲にはそれを頼みたい。

すぐに何を頼みたいのか教えないのはズルいと思うけど、雲雀はほぼノータイムで返事をくれて驚く。

いつの間にか俺の隣には鶲が座っており、肩に手をポフッと置かれた。

まぁ本当に変なことでは無いので安心して欲しい。

やって欲しいことは庭の雑草抜きだ。

あいつら雑草は、ちょくちょく抜いても根絶《こんぜつ》することは出来ない。庭持ちの宿命と言っても過言じゃない。

両親が来週帰ってくるらしいし？

雲雀も鶲もやることが無いみたいだし、今のうちに本格的に雑草を抜いてしまいたい。花を植えていたりはしないから、庭に生えている全ての草は敵だと思ってくれ。労働の対価は食後のミルクプリン。お安いご用だ。

「薄くても良いから動きやすい長袖《ながそで》長ズボン着て庭に集合で。軍手と雑草をとるスコップは、物置にあるから安心してくれ」

「はぁ～い」

「ん」

簡単な注意事項というか何というか、そんなことを言うと、短い返事と共に雲雀と鶲は2階へと上がっていく。

雑草で傷を作るとしばらくジクジク痛むよな。

俺の方は別にこの格好で良いとして、家の陰にひっそりと佇《たたず》む物置を覗かないと。

2人が来るまでに軍手と雑草をとるスコップを用意し、自分も軍手をはめて準備は万全。

ちなみに雑草をとるスコップは、普通のスコップよりも剣先が鋭《するど》く、根っこを切りやすく持ち上げやすい対雑草に特化したスコップなんだ。

花を植えるのにも結構使いやすい。

良さげな格好に着替えた雲雀と鶺がやって来て、彼女達の準備も終わったので、久々の草むしり大会が始まりを告げると言うわけだ。

とは言っても、親の敵を相手にするかのように無心で戦うだけなんだよな。むしった草は庭の真ん中あたりに集めてもらう。

「雑草はいつも通りアレに入れるぞ」

「あ～、お母さん厳選《げんせん》コンポート？」

「雲雀ちゃん、それ果物の砂糖煮」

雑草を入れておこうと思っているのは、物置の陰に隠れるように置いてある、母さんが選び抜いたコンポスターだ。

確か良い土を作りたいとか花を植えたいとかで買ったんだけど、大して使わずに親父の単身赴任《ふにん》に付いていって、受け継いだ俺も大して使ってないという。

「ふんぬぐぎぎぎ頑固《がんこ》な雑草ですなっ！」

「あぁ、無理なら俺がやるから」

「雲雀ちゃん、固くて太い雑草はつぐ兄に任せて私達は簡単な雑草を抜こう。楽してミルクプリンを得よう」

軍手に包まれた両手を使っても引き抜けずに力んでいる雲雀に苦笑しながら言うと、鶲が何故かドヤッとした表情を浮かべ話す。

言い方がちょっとアレだけどまぁ良いか。

とりあえず俺が、固くて背の高い雑草をどうにかして、その他を雲雀と鶲にしてもらおう。

３人でやれば一軒家《いっけんや》の庭でも１時間くらいで草むしりを終えることが出来た。

頑張って草むしりをした結果、汗と土に塗《まみ》れてしまった俺達はまず片付けをしてお風呂に入ろうか。

俺が山なりに摘まれた雑草と道具を片付けるから、雲雀と鶲はパパッと風呂に入って欲しい。俺も入りたいし。

「雲雀、鶲、助かったよ。片付けは俺がやるから２人はお風呂に入っておいで。昼食は俺も入ってからな」

「は～い。つぐ兄ぃのためならえんやこらだからね！」

「つぐ兄もお疲れさま。お風呂入ってくる」

手伝ってもらって本当に助かったのは事実だ。

何だか楽しそうな雲雀と鶲を風呂へと送り出し、俺は後片付けの手を速める。

コンポスターに雑草を適当に入れ、軍手とスコップに付いた汚れを落として物置にしまう。

あとは自分の汚れを大雑把に落とし、雲雀と鶲が風呂から出るのを待つばかり。

◆　◆　◆

いつもより短い時間で風呂から出てきた2人と入れ違うように、俺も風呂に入ってスッキリサッパリ。

リビングへ戻ってくると、何やらキッチンで雲雀と鶲がゴソゴソしている。何だ何だ？

「そんなにお腹空《す》いていたのか？」

「あ、つぐ兄ぃ！　うん！　お腹すっごいペコペコ！」

食べ物を漁《あさ》るほどお腹が空《す》いていたのか、と心の中で涙をホロリと流しつつ聞くと、振り返った雲雀は表情を輝かせた。

棚《たな》を漁りはじめた張本人は鶲だったようで、彼女の手には四角い箱が握られている。鮮《あざ》やかなパッケージに印刷された、バターの載ったホットケーキ。なるほど。

お昼のご飯はこれを食べたいってことか。

バターもハチミツもあるけど、それだけだと飽《あ》きてしまいそうだから他にも何種類か作ってみるかな。

そうと決まれば鶲が頭上に掲げているホットケーキミックスの箱を受け取り、料理の準備に取りかかる。

何だか2人は手伝いをしたいらしいが、粉《こな》を混ぜるくらいなら……出来るよな？　多分。

「スタンダードなのと、ジャムがあるからこれと、冷蔵庫の残り物で甘じょっぱいやつとか」

「んん～、良い匂いしてきた！　つぐ兄ぃのご飯は延々《えんえん》と食べられる。美味しいからね、仕方ない」

「じゅるり。お腹ペコペコ」

ちょっとした過程は省《はぶ》くけど、混ぜて焼くだけのホットケーキに、俺が負けるなんてことは無く。

雲雀も鶲もやらかすことも無く、つつがなく料理の準備を済ませていく。

食器を持って行ってもらったり、飲み物を持って行ったりすれば、あとは皆でいただきます。

動いたあとの甘じょっぱいはとても沁みる。

でもスタンダードなハチミツとバターのも美味しいし、ジャムも美味しい。

つまり話をまとめれば、お腹が空《す》いていて飯がうまい。自画自賛かもだけど。

多めに焼いたはずのホットケーキは、雲雀と鶲によって全て平《たい》らげられた。

食べ終わった食器は俺が片付け、２人は美紗ちゃんと連絡を取り合ったりしている。楽しそうで何より。

おっと、食後のミルクプリンも忘れないようにしないとな。


「腹ごなしも兼ねて皿洗うから、ゲームはちょっと待ってな」

「あ、うん！　お腹こなれた方が良いもんね」

「昔から食べてすぐに横になると牛になると言われてる」

「牛さん可愛いんだけどね、なるのは勘弁だよぅ」

お腹の具合と、少し多めの洗い物を鑑《かんが》みて雲雀と鶲に提案すると、彼女達はすぐさま頷いてくれた。

今日は頑張ってくれたからオマケしてあげようかな、と思うけど、２回目だからまぁ良いか。

エプロンを着けて、手早く食器を洗っていく。

雲雀と鶲は俺が洗い終わるまでパソコンで何かを見ているらしく、時折「おぉ〜」と雲雀が声を上げていた。

本当に何を見ているんだろうか。変なのではないはずだけど。

心の中で苦笑しつつ、全ての食器を洗い終わりエプロンを外して２人の元へ。


「さてお待たせ。準備は大丈夫か？」

「待ってないよ〜。んで、準備ＯＫ！」


雲雀と鶲の向かい側にあるソファーに座り、少しの心配から問いかければ、杞憂《きゆう》だったらしい。

ヘッドセットを渡された後、満面の笑みを浮かべた雲雀にピースサインをされてしまった。

ちなみに鶲はゲームの準備をしているようで、会話に参加してこない。

「美紗ちゃんも準備出来た。私達も早速ログイン」

「はいよ」

色々と準備も出来たことだしと、俺は渡されたヘッドセットをかぶった。

雲雀も鶲も同じようにかぶったので、それを確認してからボタンをポチリ。

脇にあるビーズクッションに体を預け、意識が薄れる感覚に身を任せる。

◆　◆　◆

目を開くと先ほどと同じく小さな村の中心部。

まずリグ達を喚び出していると、その途中にヒバリとヒタキが現れる。

もう慣れたことなので放っておくと、唐突《とうとつ》に目の前へウインドウが現れ、そこにはミィが俺に許可を求めていると書かれていた。

すぐに【許可】のボタンを押すと、ミィが秒で現れる。いつものいつものこと。

足にヒシッと抱きついてきたメイの頭を撫でるために屈《かが》み、極上《ごくじょう》の撫で心地を堪能していたら、真顔のヒタキが俺に言い放つ。

「ツグ兄、今から私達はミティラスに向けて移動する。徒歩ちょっと馬車ちょっと徒歩ちょっとの合計3日間。現実で約1時間30分。順調だったらもっと少ない」

「な、なるほど？」

駄目なんて言わないけど、本当移動に時間が掛かるよな。

まぁ、移動も楽しいから良いとお兄ちゃんは思います。

「今日もよろしくお願いいたしますわ、ツグ兄様。少し観光もいたしますが、移動が多くなりますの。ですが、次の楽しみのために頑張りましょうね！」

「うん、よろしく。観光に移動か、頑張ろうね」

ヒタキの次はミィが俺の側に来たと思えば、いつものように律儀《りちぎ》に挨拶をして軽く頭を下げる。親しき仲にも礼儀《れいぎ》ありってやつかな。

ミィからも移動が多くなると聞かされても、俺は全く動じない。

気疲れはあれど、体力の概念は無いからだ。良いゲームだ。

っと、村の中心部は皆の中心部だから俺達が占領《せんりょう》しているのはいただけない。

ヒバリ達と一緒に他の場所へ行き、移動のために何か買うものが無いかなどを確認。

これ本当に大事だから。コンビニなんて便利な施設は無いからな、ここは。

俺達も元気いっぱいだし、料理もアイテムも売るほどじゃ無いけどあるし、時間も有限なので早速移動しようと歩き出す。

スクリーンショットしてある地図のちょっと南西下へ向かって歩き、馬車に乗り東に向かう。

ミティラスの国境に行き、そこからは徒歩で小都市バロニアまで行って楽しむとか何とか。

龍がいる霊峰山ミールがあるし、女神エミエール様を祀る教会もあるし、今からドキがムネムネするってやつだな。

今の言葉はヒバリが何度も言ってたから覚えた。

舗装路があれば、魔物もそんなに近づかないんだけど、ミィのためにちょっと戦ったりしておく。

「あら？　あらあら？　ヒタキちゃん、このあたりにこのような魔物が現れることってありましたかしら？」

光の粒となって消えていった魔物を見ながら、ミィが近くにいるヒタキへ問いかけた。

「んん～？　無い。でも、生存競争に負けたりすると、棲《す》み処《か》を追われることもあるし、数も見かけないから大丈夫そう……かも？　ちょっとしたハプニングだったとしても、楽しんでこその冒険者」

「ええ、そうですわね」

魔物の生態系なんてのも頭の中に入っているのだろうか？　ヒタキが頷いたところを見るにそうらしい。

「あらら ぁ、魔物の世界も世知辛《せちがら》いんだねぇ」

ヒタキとミィの言葉を聞いて呟きを漏らしたのは、俺と手を繋いでスキル【ＭＰ譲渡】を受けていたヒバリ。

た、確かに？　ヒバリのＭＰも満タンにし終えたら手を離し、近くに魔物が潜《ひそ》んでいたりしないかヒタキに確認してもらいまた歩き出す。

大陸の中心部だから常時気候が春みたいな感じなので、ちょっと物騒《ぶっそう》な散歩にはちょうど良い。

雪に足を取られて無様《ぶざま》に転《こ》けないっていうのが良い。本当に。

魔物を倒すという寄り道を少ししてしまったが、道なりに進んでいくとお昼前に馬車があると言う街にたどり着くことが出来た。

この街は馬車の発着場もあるから、結構人の行き交《ゆか》いが多い。

ええとまずはギルドを探して、馬車の予約をしないとだよな。

◆　◆　◆

道の端っこを通りながら街の中央部へ行けば、必ずあるギルド。

その隣には中規模な作業場もあって、さながら実家のような安心感。

それなりに盛況なギルドの中へ入り、乗り合い馬車のボードの側に行って目的の用紙を探す。

「東、国境、近くでも可。とにかく馬車を」

「こちらのクエストボードが東系統をまとめておりますわ。それでも馬車の本数が多いので、一手間掛かりますが……」

「むむ、難しい漢字を使われるとお手上げですます」

三者三様の言葉が耳に入ってきて少し笑ってしまう。

クエスト用紙探しに苦心《くしん》している3人のため、微力《びりょく》ながら俺も参戦して探す。

彼女達が探せなさそうな上の方を見ると、ヒタキが言っていた条件の用紙をいくつか見つけることが出来た。

冒険者は大人が多いから、上の方へ貼《は》られていることも多い。

とりあえずその考えは横へ置いておき、ヒタキ先生に用紙を示しながら判断を仰《あお》ぐ。

俺にはどれも同じようにしか見えないからな。

ヒタキ先生の判断によると、一番上のクエスト用紙が良いらしい。

俺しか取れない場所にある用紙を剥がし、ヒタキに内容の確認をしてもらうと彼女は満足げに頷く。

どうやらこのクエストは、かなり目的のところの近場まで運んでくれる馬車のようだ。相乗《あいの》り馬車か。

何回も馬車に乗ったことがあるし、もう慣れた……と思う。

ギルドの受付にも1人で行けるし、リグ達の力を借りられたら外に出て魔物だって倒せるはず。

まぁ、ヒバリ達がいないならゲームをやることも無いだろうけど。

「ええとツグ兄ぃ、これの時間ちょっと詰め詰め」

「つめつめ？」

いつの間にか俺の手元を覗き込んだヒバリがしゃべり、疑問に思いながらクエスト用紙を見ると理解出来た。

今の時間とクエスト用紙に書かれている時間が近く、急がないとマズいと言う気持ちで、胸がドキドキしてしまう。決して恋ではない。

「端っこで待っててくれ。このクエスト受けてくるから」

「分かりました。ツグ兄様、お気を付けて」

ミィにとってはいつも通りの心配なんだろうけど、幼子では無いので大丈夫です。

人の少ない場所へ移動して、楽しそうにおしゃべりを始めた彼女達を尻目《しりめ》に、俺はサササッと空《あ》いている受付に向かってクエストの受理をしてもらう。

乗車券の木札も渡される。

この木札を持ってヒバリ達を連れ、ギルドから退出して乗り合い馬車の場所を探す。

東西南北に馬車乗り場があると迷《まよ》いそうだが、木札にも書いてあるし、ヒタキ大先生がいるので問題無し。

クエストマークも教えてくれている。

「目的としている国は、小国ながらも話題性ではどの国にも引けを取りませんのよ。何度も言ってますが、本当に楽しみですわ！」

「分かる～。ほんと楽しみだよね！」

冒険者は無料で乗れる馬車の手続きをしていたら、楽しいと言わんばかりに言葉を弾ませたミィの声が聞こえてきた。

ミィもだけど皆楽しそうで何より。

設計の規格でもあるのかどの馬車もほとんど同じ形をしている。

まぁそれは置いておき、乗車券の木札を渡して馬車へと乗り込む。

時間ギリギリに乗り込んだので出入り口付近に座り、馬車が動き出すのを待つ。

車内は程々に皆が話しているので、コソコソ楽しみだねと話しているヒバリ達のおしゃべりはあまり気にならない。

5分程度座っていたら、御者席の方から出発する旨《むね》の言葉と共に馬車が走り出す。

体躯《たいく》の大きな重量級の馬に、そんな馬が曳《ひ》く馬車も重量級なので、小型の魔物はついて来れないし何なら弾き飛ばされる。

戦いに飢《う》えた、戦闘狂と呼ばれるであろうミィとメイは、のどかな乗車に不満そうだけど、しばらく乗っていたら大きな揺れと共に馬車が止まった。

「魔物ですか！　盗賊ですか！　行きますわよ、メイ！」

(>ェ<)ノ

「めめっめぇめぇめっ！」

すぐさま待ってましたと言わんばかりのミィとメイが立ち上がり、止める間もなく馬車の出入り口から飛び出して行ってしまった。

危ないことをするなと怒らないといけないのかもしれないけど、とにかく冒険者としてやることをやらないと。

ヒバリ達と目配《めくば》せしてから出入り口へ視線を向けると、端っこの方からチラッと顔を出しているミィとメイ。

どうやら魔物でも盗賊でもなく、泥濘《ぬかるみ》に馬車がはまってしまったらしい。

しょんぼりしながら謝《あやま》られると、何故かしょうがないなぁと言う気持ちになってしまう。

これがいわゆる妹力ってやつだろうか。

馬車から降り、泥濘にはまった車輪《しゃりん》をどうにかしようと四苦八苦《しくはっく》する俺達。

他にも何人か冒険者がいるので周囲の警戒《けいかい》にあたってもらい、ミィやメイなどの力自慢は馬車を押してもらう。

とは言っても、ミィとメイの目覚ましい活躍ですぐさま道に戻すことが出来た。

泥濘に草とかいっぱい敷いて力任せ、俺覚えた。


「さて、馬車に乗り込もうツグ兄」

「あぁ。小桜、小麦、見回りはもう良いよ戻っておいで」


ほとんどミィとメイだけで馬車を押したと言っても過言では無く、ちょっと遠い目をしていたらヒタキにそっと背中を押され、声をかけられてしまった。

お手数お掛けしましして。ヒタキの言葉に頷き、周囲の警戒をしていた小桜と小麦に声をかけ、最後に馬車へ乗り込む。

移動手段はほとんどが徒歩か馬車しか無いのは知っているけど、夜まで歩けばって部分に少しばかり苦笑してしまう。

現実とは違って疲れることは無いし、ヒバリ達と話しながら歩くのは楽しいから良いけど。

「少しハプニングはあったけど、旅の醍醐味《だいごみ》ってやつだよね。あとは明日のお昼くらいま

で馬車に乗って、夜まで歩けば国境にたどり着くよ！　楽しみだなぁ」

「はい、楽しみで夜にしか眠れませんわ！」

「おぉ！　健やか快眠《かいみん》だよミィちゃん！」


耳に入ってきたミィの言葉に、内心でツッコミを入れるのを忘れてはいけない。

本当に襲撃《しゅうげき》やら何やらが起こることも無く、あったとしても狩人《かりうど》の冒険者が獲ってきた大型の鶏肉と有り余っているスライムスターチで作ったすいとんと、他の人達から持ち寄ってもらった野菜でごった煮汁が出来上がったことかな。

固い保存用のパンひとつを齧《かじ》っているのを見るのは忍びなくて。皆で楽しい夕食になったから良しで。


【夜鳥の肉団子と野菜のすいとん汁】

ナイトクロウの肉団子と持ち寄られた野菜、そしてモチモチのすいとんがその場限りの美味しいハーモニーを奏《かな》でる一品。熱々も良いけど冷めても美味しい汁。レア度４。満腹度＋25％。

【製作者】ツグミ（プレイヤー）、その他（タッチで一覧表示）

やっぱりプレイヤー冒険者は寝ずの番に適しており、ＮＰＣの皆さんを休ませ一夜を過ごす。

もちろん出発の時間と言うより到着の時間まで何も無いんだけど、そりゃ見通し良いもんねと心の中でちょっぴり思ってみる。

襲うなら不意を突きたいよな。うん。

そんなこんなで国境近くの都市とは言わないけど、かなり栄《さか》えている街に到着した俺達。

本命は国境なのですぐにでも移動しなきゃいけないいんだろうが、ヒバリ達の表情が街を見たいと言っている気がする。

ちょっとだけなら大丈夫なんじゃないか？　分からないけど。

◆　◆　◆

ここは国境近くの街と言うこともあり、食と物に溢れているらしい。

何か楽しいものは無いか、とヒバリ達が表情を輝かせるが少し雑多《ざった》な感じがするので、俺に提案は出来そうに無い。

あぁでも、個人的な好みで言うなら様々な生地が売っている店と、やっぱり調味料がたくさん売っているあそこの店とか。

「ねぇねぇツグ兄ぃ、あっちに変な食べ物売ってるから見に行こう！　安かったら食べてみたい！　楽しそう！」

「食が大事。面白さも大事。行こ」

「分かった分かった。あまり急ぐと転ぶぞ」

　これぞファンタジーと言った具合のものが売っており、ヒバリ達の興味を引いている様子。

　お兄ちゃん的にはしゃぎすぎないよう口うるさく言うだけなんだけど、あまり聞いて無さそうだ。

　あと育てられないのに、肉食植物を買おうとしないように。

　どうやら小都市バロニアに近いこの街には、たくさん食材とか素材などが流れ込むらしく、お菓子を作るためのものが色々揃っている。

　さすがミティラス国。ティラミスみたいな名前だからか？　まぁそれはそれ、これはこれってことで。

「ツグ兄、芽《め》キャベツの味噌醤油焼きがある。美味しそう」

「キラーベアの手焼きって珍味《ちんみ》も美味しそうだよ、ツグ兄ぃ！」

「あらあら、エッグアイスも美味しそうですわ皆さま」

俺が変なことを考えていたら、ヒバリ達はそれぞれお眼鏡にかなう食べ物に巡り会ってしまったらしい。表情を輝かせた3人が指を差すのでとりあえず指をそっと握っておく。家でやるのは良いけど、大勢の人がいるところでは駄目です。

「今日中に国境まで行かないといけないんだろう？　ま、3つとも食べてからで構わないけど……」

言葉に一喜一憂《いっきいちゆう》するヒバリ達を見ながら苦笑しつつ、屋台へ向かい普通より多めに食べ物を頼む。

まずはヒタキの言っていた、芽キャベツの味噌醤油焼きか。

芽キャベツにも様々な種類や形があるのは知っていたが、俺の握り拳ほどある芽キャベツに驚いてしまう。

そして味噌と醤油が良い感じに焦がしてあり、香ばしい匂いに肩に乗っていたリグが身を乗り出す。危ない。

【芽キャベツの味噌醤油焼き】

ミティラス国の特産品であるゲンコツ芽キャベツを使ったシンプルながらも奥深い一品。味噌と醤油は薄付きながらも、焦がして調味料として最大限の力を引き出してある。レア度2。満腹度＋15％。

【製作者】ヴァルディ（NPC）

お次はヒバリの言っていたキラーベアの手を焼いたやつなんだけど、あれはふらっと立ち寄って食べるものでは無いと思う。

俺の身長より大きな熊の手だし、あれひとつでギルドが10回くらい設立出来てしまう金額を出さないといけない。

最終的に普通の熊肉の串焼きを皆で食べる。

野生の素材とハーブの調和に主夫の血が騒いだ。ちょっとだけ。


【熊肉のハーブ串焼き】

元気の良い野生の熊肉をお店秘伝《ひでん》のハーブと一緒に焼いたものを大きく切り、串に刺してからもう一度焼くという手間をかけた串焼き。外はカリッと中は柔らか、病《や》み付きになる人も多い。レア度3。満腹度＋10％。

【製作者】マリリアンヌ（NPC）

最後はミィが言っていたエッグアイスだな。

卵と言うくらいだからアイスは丸っこく、卵の風味がしっかりと生きている。

美味しいからと急いで食べ、ヒバリが自《みずか》ら頭痛のステータス異常を引き起こしていた。

窒息といい頭痛といい何なんだ？

ええと違う違う、俺が気にするところは、新鮮《しんせん》な卵と牛乳がどこに売ってるかってこと。

多分。


【キンキン新鮮エッグアイス】

新鮮な卵と牛乳が使われているエッグアイス。新鮮な卵を使い、卵の形に似せていることからその名が付いた。甘さ控《ひか》えめなので色々と気になる方も気軽に食べられると人気。キンキンに冷えているため、急いで食べると頭痛になる。レア度２。満腹度＋８％。

【製作者】イウゲラ（NPC）

ヒバリ達やリグ達は美味しいものを食べられてホクホクし、俺は面白そうな食材と調味料が買えてホクホク。

もちろん新鮮な牛乳も卵もその他と一緒にお買い上げだ。

ついでに装備の手入れへ行ったりそんなこんなやっていると、ウインドウを開いていたヒタキが時間を気にし始めた。

確かに食べたり買い物したり、ちょっとじゃない時間を楽しんでしまった気がするな。

少しばかり反省しつつ、皆を連れて街を出て国境を目指す。

この舗装路は国境の近くだからか、しっかりとした装備の兵士が見回りしていて、魔物が寄りつく隙も無い。

つまり戦闘が無く平和なのでミィとメイが不満げだ。いつものいつもの。


「ん？　あれ、ボスの魔物か？　随分《ずいぶん》大きいな」

「んん～？」


夜になるまでにはたどり着きたいので、早歩きで舗装路を進むと、遠目《とおめ》に国境を隔《へだ》てる大きな門のような建物が見えたのと同時に、その建物と同じくらい大きな魔物が見えた。

遠目からでも分かる魔物の姿は、ライオンの頭、山羊《やぎ》の胴体に蛇の尻尾。ええと何だっけ？　この前、ヒバリ達のゲームに出てたな。
キ、キ、キンピラ、じゃなくてキメラ！　良し、ちょっとスッキリ。

本当に良く見ると、キメラの足元には冒険者っぽい人達がいる。

あんなに大きな魔物、倒そうとしても倒せるのだろうか？

気になってヒタキ大先生の方へ視線を向けると、彼女はしたり顔を披露《ひろう》しながら口を開く。


「ん、あの魔物はレイドボスのキメラ。主に国境付近を見守る中立系のボス。悪さをしなければ近くを通っても無害だし、気まぐれに助けてくれたりする。そして希望者にはああやって遊んでくれる。超強いから今まで片手で数えるくらいしか倒せてない。でも、まだまだ制限あるのに倒せるとか冒険者つよつよ」

「頭の良い方とプレイヤースキルの塊な方達がひしめいておりますものね、上位陣方は。今のわたし達が戦いましたら、こう、ペチッで終わりだと思います」


ヒタキの言葉に思わず「うわぁ」と言ってしまった。

遊んでくれるって圧倒的強者、ってやつじゃないか。

そんなこと思っている間にも、戦っていた冒険者達がミィの言っていた通り大きな手でなぎ払われて吹き飛んでいく。

少しギャグっぽくて笑う。

「あ、今度は吹き飛ばされてる」

「ただの鼻息。冒険者達、強くないみたい。ホントに遊ばれてる」

「そっかぁ」

国境の建物にたどり着く間に、今度はキメラの鼻息で吹き飛ばされている冒険者達が見えた。

何だか楽しそうだし、もう放っておこう。

あの魔物の強さをミィもメイも分かっているらしく、見てるだけだし。

閑話休題《かんわきゅうだい》として、国境にある門のような建物は手前と奥のふたつ。

間に冒険者や商人用の簡易宿泊施設があり、ど真ん中に女神像もある。

目新しく興味津々なのも良いけど、もう暗くなってきているので、ログアウトの時間だ。

いつも助けてくれるリグ達を【休眠】にし、まずはミィが、明日ログイン出来ないと悔しがりつつログアウト。

そして俺達も忘れ物が無いかを確認してからログアウト。

◆　◆　◆

目を開ければそこはいつものリビング。

いつものように彼女達にゲームの後片付けを任せ、夕飯を食べるのには少しばかり早いから自由時間ってところだな。

俺は適当にって言うか、やり残していた家事をして、２人は良く分からん。


「うーん。夕飯は何を食べようか」


やり残していた家事の合間に夕飯の献立を考え、うんうん唸る俺。

何でも美味しいと食べてくれるけど、栄養バランスもある程度は考えないと。

こればかりは雲雀と鶲にあまり聞けない。肉！　野菜！　以上！　になるからなぁ。

しばらくしたら雲雀と鶲がリビングに再び集まり、夕飯をあり合わせで作っている間、お風呂の用意をしてくると行ってしまう。

そんなこんなで夕飯もお風呂も済ませた俺達は、夜更かししないようになんて、互いに軽く挨拶をして自室に戻った。

明日もやりたいことが多いし、さっさと寝よう。

R&M攻略掲示板

【ロリは永久に】LATORI【不滅《ふめつ》なのだ！】part10

（主）＝ギルマス
（副）＝サブマス
（同）＝同盟ギルド

1:かなみん（副）
↓見守る会から転載↓
【ここは元気っ子な見習い天使ちゃんと大人しい見習い悪魔ちゃん、生産職で女顔のお兄さんを温かく見守るスレ。となります】
前スレが埋まったから立ててみた。前スレは検索で。
やって良いこと『思いの丈を叫ぶ・雑談・全力で愛でる・陰から見守る』
やって悪いこと『本人特定・過度に接触・騒ぐ・ハラスメント行為・タカリ』
紳士諸君、合言葉はハラスメント一発アウト！
上記の文は大事！　絶対！　お姉さんとの約束だ！
・
・
・
41:氷結娘
さて、やって参りました！　ロリコンお待ちかねロリっ娘ちゃん達

書き込む　全部　＜前100　次100＞　最新50

R&M攻略掲示板

を見守ろうぜ☆のお時間となりました。実況はわたくし、ロリータコンプレックスに目覚めて早12年、氷結娘がお送りいたします。

42:かるぴ酢

>>36　まぁ分かってたことだけどこわっ！

43:コンパス

改めて叫ぼう。イエスロリコン！　ノータッチ！

44:餃子

龍が棲んでるって山かぁ。やっぱファンタジーと言ったらドラゴンだからなぁ。
稀《まれ》に空飛んでるあのデッカいドラゴンでも良いけど、あれ何かお嬢《じょう》様《さま》が見張ってるし……。知性あるっぽいし、例外を除いて人と良い関係らしいし、見るだけで満足しよう。うんうん。

45:甘党

馬車移動。馬車に乗るくらいなら走ります。はい。

46:NINJA（副）

>>37　ご苦労なされた姿が目に浮かぶでござる。

書き込む　全部　＜前100　次100＞　最新50

R&M攻略掲示板

47:夢野かなで

中立系の魔物はどうしてあんなに人懐《ひとなつ》っこくて可愛いのか問題。人懐っこくて可愛いから仲が良くなるのか、可愛いから人が世話を焼いてしまって中立なのか、単なるのんびり屋さんなのか……。謎が謎を呼ぶ。やはり可愛さ。可愛さは全てを解決する！　そうか！

48:焼きそば

>>36　そ、そのすじのかたですか？　（がくぶる）
って、やましいことしてなきゃ怖くないけど。ははん。

49:ナズナ

今日は嫁《よめ》さんが子供連れて実家に行ったからちょっぴり多めにゲーム出来るぞ。1人寂しく三食野菜炒め丼なのは内緒。

50:sora豆

>>45　馬車はガタゴトするから余計かもね。お主の分もワシがロリっ娘ちゃん達を馬車で見守るから安心なされよ。ふひひ。

51:魔法少女♂

あー、美味しいおやつが食べたい☆出来れば美人系イケメンに作って欲しい☆☆★欲を言えばあーんして欲しい★★☆

書き込む　全部　＜前100　次100＞　最新50

R&M攻略掲示板

52:黄泉の申し子
うらやましいなあの猫ちゃん。

53:中井
>>43　いえすろりこんのーたっち！　でもちょっとおしゃべりはしたい。ちょっとだけ。ちょっとだけね。

54:こけこっこ（同）
龍さんのウロコ以上に魔力電池としてええクッション材は無いし伝導率がええのも無い。皆さん、あまりもんの龍さんのウロコがありましたらワイに連絡頼むで。報酬は弾むさかい。
ほんま口調が安定しないのはお約束、やで。

55:ましゅ麿
俺もロリっ娘ちゃん達に課金したい。貢ぎたい。拝《おが》みたい。

56:もけけぴろぴろ
とりあえず俺達はいつも通りロリっ娘ちゃん達を見守るだけ。ロリコン、ロリ、ミマモル。ロリ、セカイノタカラ。マモル。

57:黒うさ
>>41　みんなスルーしてたけどなんだそれ。

書き込む　全 部　＜前100　次100＞　最新50

R&M攻略掲示板

58:もちもち
ボクちんもおさかにゃ食べたい。

59:フラジール（同）
>>56　マモル！　ロリ、マモル！　オデモ！　マモル！

・

・

・

81:かるぴ酢
どんな時代になったとしても、素材の周回には悩まされる。必要素材数もそうだし、泥率もにゅもにゅ。運が無いからマジつらたん。

82:コンパス
あそこはお魚取り放題のとこ。季節もへったくれもあったもんじゃないけど、好きな魚が食べ放題なのはよきよき。日にちの良いとき、皆で釣り大会とかしてみたいかも。

83:sora豆
>>77　どこかの釣りギルドが釣り堀作ってたから、気になるなら一緒に行きましょ～。入れ食い体験してみたい。

書き込む　全 部　＜前100　次100＞　最新50

R&M攻略掲示板

84:黄泉の申し子

今日のロリっ娘ちゃん達はまったり気分なのかなぁ。ほっこりするからそのままの君達でいて。

85:中井

>>76　あぁ課金、課金だ、課金。させてくれ……。

86:わだつみ

自分の予定は素材集めします。でもでも！　ロリっ娘ちゃん達が危なくなったら飛んで行くよ！　ばびゅーん！

87:こずみっくZ

ねむ……。まったりやる。ふあぁぁぁ。

88:さろんぱ巣

あぁぁあああぁぁああぁロリっ娘ちゃん……

89:iyokan

>>81　VRMMOが主流の時代になっても、周回はどうしようもないんだよなぁ。
ギルドの皆がいるからわちゃわちゃ出来て楽しいから良いけど。永遠の課題でもある。多分。

書き込む　全部　＜前100　次100＞　最新50

R&M攻略掲示板

90:もけけぴろぴろ
>>79　お前、お前、お前！　さいっこうだなっ！！！！！！

91:ナズナ
ケモナーに優しいR&M。着脱式ケモナー。イイね！

92:夢野かなで
お兄さん見てるとお腹空《す》く気がする……。じゅるり。

93:かなみん（副）
>>82　やりたぁ〜い！　と言うことで色々と考えるのはお姉さんにお任せ！　気が向いたら参加してくれると嬉しいゾ☆

94:黒うさ
>>87　弾き出されない程度にやってね。人間睡眠《すいみん》大事。

95:空から餡子
俺もお兄さんの服にお布施ねじ込みたい。

96:白桃
>>85　好きなものにお金をねじ込むその心意気。良いぞ！

・

書き込む　全部　＜前100　次100＞　最新50

・

・

121:餃子

>>117　だからさ、俺は【女神認定】普通のお料理作り隊【毒物認定】動画が良いと思うんだ！　ポイズンフロッグの肝《きも》とか入れちゃうドジっ子具合が好き。ちなみに肝は猛毒《もうどく》。

122:ましゅ麿

一足先に国境行ってる組なんだけど、どっかのギルドがレイドボスに吹き飛ばされて遊んでる。死なない程度にレイドボスも転がしてるから遊んでる？　ネコチャンアションデネコチャンネコチャン。

123:密林三昧

馬車祭りだにょろにょろ。

124:甘党

>>115　そういう考え嫌いじゃ無いぜ☆

125:ちゅーりっぷ

おトイレ警告でちゃった。ログアウトします。よい子のみんなはおトイレいってからゲームしようね！　ちくしょー！

R&M攻略掲示板

126:つだち
両親がVRハイキングにハマったらしい。

127:焼きそば
>>119　それなー。

128:コンパス
国境のレイドは監視《かんし》の意味合いが強そうだ。何だっけ？　女神様がどうのこうのとか。よく分からん。

129:魔法少女♂
>>122　オチツケオチツケ☆☆★

130:ヨモギ餅（同）
昔、MMOで国境防衛戦ってイベントあったんだけど、みんな個人プレーが過ぎて戦線崩壊《ほうかい》したの思い出した。ほうれんそうの大事さも思い出した。ほうれん草を茹でてかつお節《ぶし》と醤油で食べるとすごく美味しいのも思い出した。夕飯に食べます。

131:NINJA（副）
拙者《せっしゃ》〜、何でか分からんのでござるがぁ〜、じゃんけん上手でござるからぁ〜。アイデンティティーの忍者衣装《いしょう》を脱《ぬ》いでロリっ娘ちゃ

書き込む　全部　<前100　次100>　最新50

ん達と一緒の馬車に乗ったでござるぅ。

132:こけこっこ（同）
龍さんのウロコの件なんやけど、なんと10枚も譲《ゆず》ってもろうたん！　値段は内緒やけども！　このギルドほんまヤバいや〜ん。おおきに！

133:棒々鶏（副）
テンション高いロリっ娘ちゃん達を見てロリコンもニッコリ。

134:氷結娘
キャッキャしてるロリっ娘ちゃん達……。世界遺産認定！

135:中井
>>122　猫奴隷《どれい》も発症《はっしょう》してんの？　何重苦だ。

136:iyokan
あ、ロリっ娘ちゃん達がログアウトしたら自分もログアウトする！　そう言えば頼まれてたことあったんだっけ。ふへへ。

137:フラジール（同）
心の清涼剤《せいりょうざい》。しあわしぇ。

書き込む　全 部　＜前100　次100＞　最新50

R&M攻略掲示板

138:かなみん（副）

>>122　なんともまぁ闇が深い。

139:さろんぱ巣

今日も今日とていつも通りでよきよき。

書き込む　全 部　＜前100　次100＞　最新50

いつものようにワイワイしながら会話は続いていく……。

◆　◆　◆

何だか今日は少し早めに起きてしまった。理由はカーテンが少し空いており、サンサンと降り注ぐ日差しが眩しかったから。

こういう起き方はスッキリ起きられるけど、日曜日だからもう少し寝ていたかった気もするので悩ましい。


「ふぁ」


大きな欠伸を噛み殺すことも無くそのままに、クローゼットから適当に服を取り出して着替える。

朝ご飯は何を食べようか。

ってか、そろそろ買い物行かないと。

自室から出て下の階へ向かい、顔を洗ってリビングへ。

緩慢《かんまん》な動きでエプロンを着用し、これまたゆっくり冷蔵庫を開く。

今日は顔を洗ってしゃっきり出来なかったらしい。

残り物を見繕《みつくろ》うのは当たり前として、スーパーに行くんだったらコレとアレと、ソレも使い切ってしまおう。半分のタマネギも。

たっぷり考えながらゆったり朝ご飯を作っていると、その匂いに誘われたかのような軽い足音が2階から聞こえてくる。

作っている朝ご飯が焦げないようにフライパンを振りながら、何となく今日の予定に思いを馳せた。そうだなぁ、ゲームする前にスーパーだ。


「おっはよー！　つぐ兄ぃ！」

「つぐ兄、おはよう。くんくん、良い匂い」

「はいよ、おはよう」


ある程度の時間が過ぎ顔を洗ってさっぱりした雲雀と鶲がリビングに現れ、キッチンでフライパンを振る俺に朝の挨拶をする。

俺も2人へ軽く挨拶を返しつつ、きちんと手を動かしていた俺はいい具合に火の通った朝ご飯を皿に盛り付けた。

良い意味でも悪い意味でも和洋折衷《わようせっちゅう》な朝ご飯になってしまうけど、味は保証出来るから気にしない気にしない。

色々と準備を終わらせてお腹がペコペコしている妹達とテーブルに着き、３人で揃っていただきますをする。

「あぁそうだ。この後、俺は食材を求めにスーパーへ行こうと思ってるから、ゲームやるならお昼頃か少し長めに夜で頼む」

「ふふふぉふぃふぁふぁふぇ！　ふふぉふぃふぁふぁふぇふぇ！」

「ひたすら齧り付く雲雀ちゃんは少し長めで、と申しております」

「はは、何だそれ」

食べている途中、今日の予定について良さげな提案を織り交ぜつつ話すと、口に食べ物が入っている雲雀がすぐさま食いついてきた。

雲雀の食事マナーについては気を許しているから良いとして、すかさず翻訳《ほんやく》してくる鶲の合わせ技に思わず笑ってしまう。ナイスコンビ。

何となくの提案が通ったってことは、夜まで自由な時間が出来たと言っても良い。

スーパーに行くのは決定だとして、キッチン周りとか玄関周りの掃除もしたい。

思えばアレやソレが出てくること出てくること。悩ましい限り。

とりあえず食べ終わった食器を雲雀と鶲と一緒に片付け、汚れが乾かない内に洗って、水切り籠に伏《ふ》せておく。

これを放っておくとして、リビングに戻ると雲雀がガックリと肩を落とし、鶲は我関せずといった様子でテレビを見ていた。


「君に特別な贈《おく》り物だよ、ってプリント渡されてたの忘れてた。今からやる。ひぃちゃん何とぞご慈悲《じひ》を……」

「ふふ、雲雀ちゃん。私、つぐ兄の買い物に付いていきたいから無理。ごめん、ね？」

「……がってむ！」


おーおー、楽しそうだな。

雲雀にとっては悲しい出来事かもしれないけど、きっと彼女は強く生きてくれるに違いない。

とりあえずやることはやらないとってことで、ガックリしている雲雀は横に置いてスーパーの安売りをチェック。おぉ、肉も野菜も安いぞ。

少し時間が経ち買い物の準備を終えた俺は、鶲を伴い家を出る。

雲雀1人にするのはちょっと不安な気もするけど、最近の防犯システムは凄いので大丈夫だと思う。多分。

今回行くスーパーはいつものところだから、そんなに時間はかからないはず。

何をねだろうとしているのか分からない鶲に戦々恐々《せんせんきょうきょう》しつつ、スーパーにたどり着いたのでカゴを持つ。

安くて良い品はどんどんカゴの中に入れていると、合間に鶲が聞いたことも無いような、トロピカルな名前の野菜をそっと入れてきた。

「2ヶ月に1回やってる謎のフェア。今回は世界の珍品名品野菜目白押し。野菜好きとしては買わねばならぬかと。つぐ兄が」

「……俺が」

思わずジト目で鶲を見ると彼女は誇《ほこ》らしげな表情をしており、フェアの場所を親指でクイッと示し、聞いてもいないのに詳しく解説してくれる。

怒るに怒れないお買い得なトロピカル野菜を選ぶし、何だか心惹《ひ》かれる感じもするので買うよ。もちろん俺が。

雲雀のお土産《みやげ》は、適当に安くてデカいお肉買って、唐揚《からあ》げにでもすれば良いだろう。

チョロくてお兄ちゃん心配しちゃうけど、それが雲雀の良いところだから。

うん、良いところ良いところ。


「こんなとこか。帰るぞ鶲」

「ん、雲雀ちゃんが泣く前に帰らないと」


そんなこんなで買い物が終わった俺達は買い物袋を下げ、雲雀が泣く前に帰宅。

リビングで待っていたのは、全世界魂抜け表情選手権で優勝できそうな雲雀で、プリントは終わったのか聞くと、「イチオウオワッタ」と何故か片言で返ってきた。

半分も正解してないけど。

鶲大先生、優しく教えてあげなさい。


「つぐ兄ぃ！　今日のお昼ご飯どうしますか！」

「スーパーで色々買ってきたけど、もう少し冷蔵庫の中の在庫処分に付き合ってもらいます」

「はい！　楽しみにしてます！」

鶲に泣きついたかと思えば、今度は昼食について聞いてきた雲雀。

とても元気で大変よろしいかと。

買い物袋から品物を取り出して冷蔵庫に入れ、その間に中を物色《ぶっしょく》して彼女に返答する。

朝も昼も残り物で悪いけど、夕飯は頑張って作らせてもらうから。

まぁそれはそれとして置いておき、各自好きに動く。

とは言っても、雲雀は例のプリントに散々頭を悩まされ、鶲が付きっきりで教えているから、ほぼリビングから動いていない。

俺は廊下に出て床の掃除をしているんだけど、リビングは何だかとても騒がしい。

そして少し経ち、雲雀の叫び声が家の中に響いた。

「ぐぬ、ぐぬぬぬぬぬっ！」

「雲雀ちゃん、これはこっちだからここを……」

「あ！　なるほど！　でっで、できたぁぁぁ！」

げ、元気なことは良いけどもうちょっと声量を下げて欲しいかもしれない。するとすぐにリビングに繋がる扉が開かれた。

頭を使ったせいなのか雲雀は体を動かしたくて仕方が無いらしく、俺に浴槽の掃除をすると宣言して走って行く。

走ると転ぶから歩いて行けよ、なんて言っても無駄なことだ。

遠い目をした俺の肩に手を置いたのは鶺で、自分に任せろと言わんばかりの表情で頷き、雲雀の後を追っていった。


「……ま、まぁ良いか」


いつも通りのような、いつも以上にワチャワチャしているような。

良いかと声に出して心の平穏《へいおん》を保ち、やらないといけないことに集中する。

ふとした瞬間、降って湧《わ》いてくるのが家事だからな。これが終わったら昼食にしよう。

冷蔵庫の中身を使って良い感じの炒めものと良い感じの汁ものを作り終えると、お腹を空《す》かせた雲雀と鶺がリビングに帰ってきた。

良い匂いが漂うから、余計にお腹空《す》いたりするよね。

昼食も終えたらまた各自好きなことを始め、暗くなっていくと同時に、雲雀と鶺がゲームをしたそうにしているけど、夕食が終わってからです。

ゲームが終わったらお風呂に入れるようタイマーをセットして、俺はスーパーで買った例のトロピカル野菜を使うように頑張ってみようと思う。

なんだこの野菜。

調べてみると何にでも使えます！　好きな調理法を試《ため》してみよう！　って、腕が鳴る。

閑話休題。夕食も終えた俺達はいつものように準備し、明らかに楽しみにしていますと言った表情の雲雀と鶲と共に、ゲームへとログインするのだった。2人が楽しそうで何より。

◆　◆　◆

いつものように俺だけ最初に女神像の前へ現れ、ヒバリとヒタキを待つ間にリグ達を喚び出す。

今日も色々とあっちこっちに行くと思うし、よろしく頼むよ。

そんなこんなでリグ達を撫でていたらヒバリとヒタキが現れ、皆を連れて人の少ない隅の方へ移動する。

「んと、今日はあのちょっぴり見える小都市バロニアに行くよ！　明日はミィちゃんが来られるっぽいから一番楽しそうなのはあとに取っておくとして、探検したりクエスト受けたりする！」

「おー」

隅っこに行くと俺が聞く前にヒバリが胸を張って言い、ヒタキが良く出来ましたと言わんばかりの拍手《はくしゅ》。

わりと予定変更したりもするが、多分大丈夫だろう。楽しいことに変わりないだろうし。足元で気持ちよさそうに伸びをしている小桜と小麦の背中をひと撫でし、ついでに俺も伸びておく。

そうと決まったら早速移動だな。ここからでも小さく小都市バロニアが見えるとしても、基本徒歩だから、意外と時間がかかるんだよ。

道草をたらふく食ってしまいそうな気もするし、既《すで》にフラフラしているヒバリの軌道修正《きどうしゅうせい》をしつつ小都市バロニアへ通じる舗装路を歩く。

舗装路の周辺には魔物はいなかったんだけど、少し遠目には、ヒタキ先生いわくコボルトという、犬が服を着て二足歩行している魔物が歩いているとのこと。

他には、黒い球体に眼がついたドライアイが気になる、アイードという魔法を使う魔物。その辺に座って日光浴しているマンドラゴラもいるらしい。

地域限定の魔物とかもいるし、レアな魔物もいるし、魔物って奥深いよな。

「よぉ～し、バロニアに到着！」

ほぼほぼお散歩と化している移動をして約2時間。

ようやく小都市バロニアにたどり着くことが出来た。

小都市を名乗っているだけあり、いつもの都市よりもこぢんまりしている。

小都市の中に入って真ん中にあるであろう噴水広場に行けば、本当に様々な店があって、色々な食材が豊富で俺もニッコリ、で良いんだっけか。

でも最初にやるのはギルドに魔物討伐の報告や、小都市バロニアの中を探索とかだろうか。

ちょこちょこ報告しないと、他のクエストが受けられなかったら大変だし、新しい場所に来たら楽しくウロウロしたくなるよな。

「それじゃ、いつものアレソレやっちゃいますか！」

「はいよ。いつものアレな」

またまたヒバリが元気な声をあげたので、うんうんと頷きながら親指をこうクイッとして、ギルドを示す。

とは言っても、報告だけなので、パッと行ってガッとするだけだからすぐに終わるけどね。

その際ちょっとだけクエストボードを覗いたんだけど、あの国境にいるレイドボスってやつを皆で倒そうってのがあって少しだけ笑ってしまう。

強いから無理があるだろってのもあるし、もう何だか皆でお祭り騒ぎにしている気がする。

レイドボスのキメラも律儀に遊んであげているんだろうな。

ま、まぁ、俺達には関係ないかも。

いつものアレとやらを終わらせ、ギルドから出た俺達は噴水広場を目指さず近場の店を冷やかしながら歩きだす。

昨日、基本的な食材は買ったから季節物とか名産品とかあったら欲しい。

あぁでも、このあたりは常に温暖だから季節はあまり関係ないか。

「……そう言えば、アレがアレなんだろうか？」

「ん？　あ、あぁ！　そう！　アレだよ！」

遠目に見えるデンッと佇む大きな山の中腹《ちゅうふく》に、これまたデーンと建っている神殿のような建物。

前もってヒバリとヒタキにちょっと教えてもらったけど、自信が無いのでアレやソレで誤魔化《ごまか》す。

でも何故かヒバリに通じたらしく、うんうん頷かれてしまう。

「あそこに行くのは明日。ミィちゃんが来てから。今日はまったり散歩か周辺の固有種の魔物退治がいい」

「うんうん！　美味しい魔物もいるからね！」

「めめっめぇめ！」

ヽ(・ェ・)ノ

本当に今日は様子見《ようすみ》なので魔物倒して、何も無ければパパッとログアウトかな。

明日は学校だから心持ち早めにね。

だけど、色々と食材を手に入れたら料理してもいい。

ヒバリの言う美味しい魔物ってやつを倒してドロップがあれば、提案してみるのも良いかも。

「とりまお散歩はあとにして、魔物退治行こっか！」

ニコニコと満面の笑みを浮かべたヒバリが俺の肩を叩き、小都市バロニアの門を親指で示した。

すぐ魔物退治に行けるとは思えなかったメイの表情が輝き、楽しそうに様子を見守っていたヒタキが「その前にギルド」と反対側の肩を叩く。

さっき行ってきたばかりなんだけど、とりあえずの行動指針を決めたかったから良いか。

今度は俺だけでは無く、ヒバリ達もギルドへ一緒に行って、クエストボードを覗く。

魔物の数も多いからＦランクのクエストで良いか。どんな魔物を倒しても１体２００Ｍ。


「魔物、頑張って探すね」

「めめっ！」

(*・ェ・*)ノ

ソワソワしているメイにヒタキが頑張る宣言をし、メイは表情を輝かせ両手で万歳している。

パパッと手早くクエストの受付をしてギルドを退出し、噴水広場に一度向かってアイテムなどの確認をしてから門をくぐって外に出た。

どれくらい魔物を倒すのかは分からないけど、皆が楽しいなら俺も楽しいから暗くなるまでってことで。

舗装路を少し歩いて小都市バロニアから離れ、ヒタキがスキルで周辺を探している途中、俺も見渡していると遠くの神殿に目が向いてしまう。

山の中腹に白亜《はくあ》の神殿とか、気にならないわけが無い。

ヒタキが早速魔物を見つけたらしくその方向を指で示し、皆でそちらの方を向くと植物系の魔物がウニョウニョしていた。

薄緑色のツタで人を形取り、果実のような真っ赤な実をいくつもぶら下げている。

ヒタキ先生いわくあの魔物の名前はアイビット、あの真っ赤な実は食べられるらしい。

ツヤツヤで美味しそうではあるな。

「植物の魔物は火魔法が弱点なのが道理。一発いっとく？」

(>ェ<;)

「めめっめぇめ！　めめめっめ！」

ウネンウネンしている魔物アイビットに視線を向けながら、ヒタキが皆に聞かせるよう話す。

だがそれはすぐにメイが否定し、メイは自身の懐《ふところ》から黒金の大鉄槌を取り出すと、何度もスイングして見せた。

戦いを求めている生粋《きっすい》の戦闘狂だからね、仕方ないね。うん。

行っておいで、とフンフン鼻息の荒いメイを促せば、メイは即座にアイビットへ駆け出して行く。

とは言っても、大鉄槌が重いから速度はそんなに出てないけど。

駆け寄っていったメイに気付いたアイビットがツタで絡め取ろうと伸ばすも、その動きを読んでいたかのようにメイが回避して黒金の大鉄槌を振り下ろす。


「……き、効いてなくない？」


振り下ろされた大鉄槌はアイビットの中心部分を捉《とら》え、よろめいたけれどそれだけに過ぎなかった。

アワアワしたヒバリの言葉に俺は小さく頷きつつ、メイに注目した。

自身の攻撃があまり効かないことを知り、アイビットのツタ攻撃をかいくぐってこちらへ駆けてくる。

メイの走っている姿はトコトコしていて可愛らしい。

メイが俺達の元へたどり着くと同時にヒタキが前へ進み、中腰になって両手を片方の脇腹に添え、パカッと上下に開くと、火魔法をアイビットへ放つ。

面白いことをいきなりするんじゃない。まぁ良いか。

ヒタキの魔法を受けたアイビットはすぐさま火が回った。

ある程度の大きさもあったから、キャンプファイヤーを見ているようだな。

あと真っ赤な果実もひとつドロップした。

【アイビットの実】
寄生《きせい》植物アイビットが大事に育てている真っ赤な実。味も甘く栄養価も素晴らしいとされているが、この実を食べた生き物の体を気付く間もなく乗っ取る。ただ熱に弱く、加熱処理をすれば奇跡《きせき》の果実とも言えるだろう。

アイビットの実は手のひらほどの大きさで表面は磨《みが》かれたようにツルリとしており、微《かす》かに食欲を誘う甘やかな香りが鼻腔《びこう》を擽《くすぐ》る。

でもこの匂いに誘われて食べてしまうと、きっと色々と望まないことが起こってしまうのですぐインベントリにしまう。

火を通したら味見してみようか。興味津々なのは否《いな》めない。

「あ、魔物が来る」

「えぇえっ⁉」

俺とヒバリは戦闘が終わって気を抜いてまったりしていたので、ヒタキの言葉と示した指先を視線で追うことしか出来ない。

リグは俺の頭にいるからアレだけど、メイや小桜と小麦は即座に反応していてさすがとしか言いようがない。

ヒタキの示した場所は、俺の腰あたりまで伸びた草むらで、俺が身構えた瞬間ガサガサ草を掻き分け、イノシシが二足歩行をしているような魔物が、フゴフゴと鼻を鳴らしながら姿を現す。

その手には石を割って作ったであろう簡易的な斧が握られ、俺達の姿を見ても逃げずどうやら戦うらしい。舐《な》められているのかもしれないな。

「この魔物はオーク！　強さはゴブリン以上だけど猪突猛進《ちょとつもうしん》で知能が低い魔物。少しタフなだけ。特にこれと言った特徴はない」

「オークと言えばお肉のドロップに期待大！」

ヽ(・w・)ノ

「シュシュ！」

ニタニタしながら俺達を見回すオークを尻目に、ヒタキは簡単なオークの説明をし、ヒバリのお肉という言葉にリグが反応してやる気を漲《みなぎ》らせていた。

メイは言わずもがな。小桜と小麦は寸分違《すんぶんたが》わぬ動作で顔を洗っている。もしかしてカオスってやつじゃないか？

「気、気を抜くなよー」

もうどうにでもなぁれ、の心持ちで、オークよりも鼻息の荒いヒバリ達に声をかけるも、聞いているのは小桜と小麦だけだな。

もちろんオークはタコ殴りに近い感じで手早く倒され、ヒバリの片手には剣ではなくオークの肉が握られ掲げられた。嬉しそうで何より。

【オーク肉】
残念ながら少し筋肉質なオークの肉。適切な調理をしないと素材を生かせない。オーク肉は強くなればなるほど美味しくなるので、腕に自信のある冒険者などは挑んでみると良いかもしれない。

良さげな肉と合い挽《び》きにして、メンチカツにしても良さそうだ。

オークの肉をインベントリにしまい、他の獲物を探し始めたヒバリ達を見る。

楽しそうな彼女達を見るのは精神衛生《えいせい》上とても良いことだ。

「お、あれは行者《ぎょうじゃ》ニンニクだな」

少し遠いところなんだけど、森の入り口あたりにモリッと生えているのは、何度も食卓にのぼったことがある行者ニンニク。

季節やら分布やらおかしなことになっているが、ファンタジーだから。

これがあるなら餃子《ぎょうざ》にしても良いな。

早速森の入り口付近に生えている行者ニンニクを採取《さいしゅ》するため、皆で移動してヒタキ先生に周囲の警戒を頼む。

美味しい料理が出来ることを知っている先生はもちろん了承《りょうしょう》する。

強烈《きょうれつ》な臭いがするのでメイ、小桜と小麦は微妙そうな顔をしていた。

インベントリにしまうまでちょっと我慢してて欲しい。ごめんよ。

「茎《くき》の太さが1センチくらいで葉っぱが開いてない状態のものが一番美味しいから、出来ればそれを摘んでくれ」

「あいあいさー！」

ヒバリに採取の指示を出してからハッと気付いたんだけど、類似《るいじ》毒草ってのがあって、イヌサフランやスズランの葉と似てるんだよな。

特にスズランの葉と区別するのは難しく、切り口から漂うニンニク臭でしか分からないくらい。

まぁ、俺達はインベントリに入れたら仕分けしてくれるから、そんな気を揉むことでもないか。便利万歳。

食べ頃な若い芽をめいっぱい摘み取り、インベントリにしまって少し休憩。

ヒタキ先生いわくこのあたりにはもう魔物がいなくなったらしく、ワクワクしていたメイは残念そうに耳がペショッと下がる。

明日はお仲間がログインするんだから、そのとき楽しむんだ。

「めぇめ」（´；ェ；`）

「固有種の魔物はも～っと森の奥に行かないといないみたいだし、森の近くの食べられる草とか探しても良いかも？」

しょんぼりしながら悲しげに鳴くメイと、そんなメイの頭に手を添えて話すヒバリ。

食べられる草って言われても、美味しいものは魔物も食べるみたいだから少し難しい……かも？

他の冒険者達との兼ね合いとか、草の成長具合も考えたい。ちょこっとだけね。

「食材が増えるとツグ兄がニッコリ。私達もニッコリ」

「シュシュッ！」

ヽ(・w・)ノ

おっと。ヒタキが珍しくニッコリとした笑みを浮かべており、いつの間にか俺の頭に乗っていたリグが飛び上がって喜ぶ。

リグは軽いので頭で跳ねていてもあまり気にならない。

まぁ良いとして、他になにか採取出来るものは無いだろうか。良く分からん。

森との境目を中心に進み、適当な草を摘んでは雑草だと説明をされ捨てていく。

やはり危険を冒《おか》さないと良いものは手に入らないらしく、いつものセットで我慢しよう。

いつものだって俺の料理を支えてくれる。縁《えん》の下の力持ちだな。

「そろそろお腹の虫が鳴き出す頃合い」

新鮮な輝かしい雑草という名の、良く分からない雑草を摘み、しょんぼりしているとヒタキが俺の肩に手を置いて宣言した。

それに呼応するようにヒバリやリグ達も騒ぎだし、俺は雑草をポイッと投げ捨ててから立ち上がる。

見通しの良い場所はどこだろう。

「……そうだ。安心安全ギルドルームで食べた方が良いな」

ピクニック気分も良いけど、魔物が突然の襲来《しゅうらい》をしてくる可能性を考慮《こうりょ》したら、ギルドルームの方が断然《だんぜん》良いはず。

今回は何とか思い出したと言ってもいい。

あと、ルリ達が保存箱に入れていた料理とか受け取ってくれてるみたいなので、良さそうなものを入れたいって言うのもある。

ヒバリが「そうですなぁ」と何度も頷き俺の意見に同意し、誰も反対が無かったので俺達はインベントリからルームクリスタルを取り出して移動する。

すると瞬《またた》く間に、いつもの長閑《のどか》なログハウスの入り口に移され、ゆったりとした足取りで中へ入っていく。

「……む。強行軍に付き合わされているシノさん」

「つ、強く生きて欲しいね」


ログハウスの中は前回来たときよりも明らかに機能的になっていると言うか、細々としたものが増えていると言うか。

俺達がやっていないのなら、ルリちゃん達がなにかしたと思っていい。

そこで喜ぶわけでも騒ぐわけでもなく、何故かシノに同情が集まっていた。南無《なむ》。

特に変化があるのはキッチン周りだろうか？　明らかにお湯くらいしか沸《わ》かせなそうなキッチンから、最低限の用はこなせそうなキッチンになっている。

こう、些細《ささい》なアップグレードだから、俺の語彙《ごい》力では表現出来ない気もするけど。

あれって魔物を討伐したり採取したり納品したり、わりとえげつない頑張りをしないといけなかったはず。

とても凄くいっぱい頑張ったんだろうな、うん。キッチンで異彩《いさい》を放っている【特大収納箱】から視線を逸《そ》らしつつ、満腹度をどうにかしようとインベントリを開く。

「これ食べ終わったらルリちゃんとシノのために料理しようか」

テーブルに料理とお菓子と飲み物を出していると、ふと思ったのでヒバリ達に向けて話す。

もちろん返事は喜んで手伝ってくれるとのこと。

ついさっき作ろうと思っていた料理もあることだし、きっと喜んでくれるはずだ。喜んでくれる……よな？

◆　◆　◆

とにもかくにも作ってみないと受け取るものも受け取れない、ってことで、ヒバリ達とやろうと思う。

大量に作るから、まずは行者ニンニク入りと入っていない普通の餃子。

あと何故か、リグ達もやる気に満ち溢れているから……うーん、うどん？　踏んでもらおうか。

「今日は餃子とうどんを作ります。こう、俺が良い具合にスキルで、こう、良い感じの指導すれば美味しいのが作れると思う。こう、何となくで。多分」

「たっ、多分！」

椅子から立ち上がって、適当に横から物を持ってくるジェスチャーをしつつ、最後に小さく呟くと思わずと言った感じでヒバリからツッコミが入る。

ヒバリとヒタキの動きがお兄ちゃんでも推《お》し量《はか》れないんだ、察して欲しい。

「ん、ツグ兄のスキルも良い感じに育ってるから大丈夫。作業場でお料理教室開けるレベル」

またまたいつの間にか背後に回っていた暗殺者志望のヒタキが俺の肩をポンと叩き、口元をムニムニ楽しそうに動かしている。

これは本当のことを言いつつも反応を楽しんでいるときのヒタキだ。

スキルがマジでそんな感じだから出来ないとも言い切れない。誤魔化すためにも神妙《しんみょう》な表情で頷いておこう。

ええと、どちらも結構時間が掛かるけどリグ達のうどんから始めようかな。

どうやって食べるのかは考えていないけど、作るのに一番時間が掛かるものを作っておけば良いと言うやつだ。

「そうだなぁ、リグ達にはうどんを踏んでもらう。パパッと準備するからちょっと待ってな」

「シュ～ッ！　シュシュ！」(>w<)ゝ

元気なリグの返事を聞きながらインベントリを開き、スライムスターチや塩と水を出す。

小麦粉には少し敵《かな》わないけど、粉物に適性ありすぎてスライムスターチを頼りすぎてしまう。

まぁ便利だから良いと言うことで。

「ツグ兄ぃの料理作ってるとこ見るの好き」
「同感。そして私はヒバリちゃんのゲームも見るの好き」
「おっふ、唐突な告白！」
「ふふ。好きなものは素直に好きと言わねば女が廃《すた》る」

俺はキッチンでうどんの準備をし、ヒバリとヒタキは対面カウンターに寄って、謎の好き好き漫才《まんざい》を始めてしまう。

ええとスライムスターチ５％の塩に水を混ぜて塩水を作り、木のボウルに入れたスライムスターチへ満遍なく、ゆっくり混ぜ合わせる。

両手を使ってスライムスターチと塩水を混ぜると、最初はパラパラしているけど徐々にまとまってくる。

かなり根気《こんき》のいる作業だと思うが、こればかりは頑張ってひたすらこねてほしい。こねてこねてこね回し、丸く整えて少し経てばスキルのおかげでもう次の工程に。

本当なら寝かせないといけないいんだけどな。スキル万歳。

いつもの包装紙《ほうそうし》をいい具合に使ってうどん生地を挟み、キッチンから出てテーブルに置きリグ達に踏むのを頼む。

料理スキルさんが凄いパワーでどうにかしてくれるはずなので、踏むのに疲れたら放って置いていいよ。よし、次は餃子作りだな。


「あ、餃子も皮を作らないといけなかった……！」


餃子の食材を取り出そうとしたときふと、餃子には皮が必要不可欠《ふかけつ》なのだと気付く。

うどんを用意しながら何で一緒に作らなかったのか、と小さく肩を落とす。


「あ、どんまいツグ兄ぃ。元気出して」

「ツグ兄のアシストでおっかなびっくり野菜切るから、いっぱい皮作っていっぱい餃子作ろ。頑張るよ！」

すかさずヒバリとヒタキの慰めが入った。餃子をいっぱい食べたいだけかもしれないけど。

ええと、キッチンに戻ってインベントリを開いて餃子の食材を取り出す。もちろん皮の材料も。

スライムスターチと野菜、行者ニンニクとオークの肉。出し忘れてもすぐ出せるからいいか。

ヒバリとヒタキは刃物に気をつけつつ、ひたすら切る係な。

「ツグ兄ぃのスキルあっても野菜の均等切り難し、いぃぃいぃぃ！」

「野菜が終わればお肉。お肉は叩けば良いから楽。頑張ろ」

「美味しいもののためなら頑張るぅぅうぅ！」

「ん、美味しいものは正義。これは絶対」

剣を握っているときは勇《いさ》ましいような気もしたんだけど、ヒバリとヒタキはプルプルしながらひたすら野菜を切る。

ちょっと長さや太さがバラバラなのはご愛嬌、ってことで。おっかなびっくりでも着実に食材は大量に刻まれていくので、俺も手早く皮を用意しよう。

スライムスターチを用意し、真ん中に窪《くぼ》みを作って、水を2〜3回に分けてゆっくり注ぎ混ぜる。

薄力粉《はくりきこ》と強力粉《きょうりきこ》の代わりになるスライムスターチは便利だ。俺の料理のためにもスライムが絶滅《ぜつめつ》しないことを祈ろう。

そんなことを思いながら生地をこね終わり、本当は2時間くらい寝かせないといけないんだけどこれで皮の準備は完了。

同じくらいのときにリグ達もうどん生地を踏み終わったようで、餃子の皮を伸ばすついでの手隙《てすき》にうどんを切る。

そしてそれも終わるころにはヒバリとヒタキの食材切りも終わり、ここから嬉し恥ずかし餃子包み大会が始まるってわけだ。

やるには広い場所が必要だからテーブルで包もう。

「こっちがニンニク入り、こっちがスタンダード。ツグ兄に出してもらった食材全部切ったからいっぱい食べられる」

「うへへへへ、包むのも頑張るぞ〜！」

「どれだけ焼かなきゃいけないのかな、これ」


ヒタキがデンと置いたふたつのボウルには餃子のタネがこんもり山になっており、ヒバリが小さい皿に、水と人数分のスプーンを用意し、包もうとフンフン鼻息を荒くしている。

俺は用意してくれた2人に感謝し、フライパンをコンロに置いてから包みに参加した。

ヒダヒダを作るのが大変らしく、ヒバリは即座に諦めているのか謎の包み方をし始め、謎の小籠包《しょうろんぽう》もどきになっているけど、多分焼き方で美味しくなるから良いとしよう。

ヒタキは無表情で大雑把なヒダを作っている。

ヒダがひとつだったりふたつだったり、頑張ってると思う。

ある程度の餃子が出来上がった頃合いを見計らい、俺は椅子から立ち上がって餃子を持ちキッチンへ。

包みはヒバリとヒタキに任せて俺は大量の餃子を焼かせていただきますよ、っと。ちなみにリグ達はクッションのある出窓で仲良く団子寝しているよ。可愛い。


「……ごま油が欲しい」

せっせと普通に餃子を焼いていたらふと、ごま油が欲しいなぁと思ったので呟いてみる。

とは言っても、何も無いところからごま油が出てくるわけ無いので、今回は香り付けを諦めよう。

その代わり差し水とスライムスターチを10対1で混ぜ、差し入れてフタして蒸《む》し焼きにして羽根付き餃子にしてみた。

これらの作業に俺達は楽しさを感じたらしく、誰もしゃべらず黙々《もくもく》と餃子を包み焼いていく。

俺のインベントリには熱々の餃子と餃子もどきが増えていき、どんどん時間が過ぎていった。

もうそろそろログアウトを考えないと。ヒバリとヒタキ、明日は学校だし。

【熱々ハフハフ餃子】

オーク肉の餃子、オーク肉と行者ニンニクの餃子2パターンがある。両方羽根付き餃子があるので色々な味と食感が楽しめる。豊富な肉汁が熱々なので注意が必要。レア度＋4。満腹度＋8％。

【製作者】ツグミ（プレイヤー）、ヒバリ（プレイヤー）、ヒタキ（プレイヤー）

【ふみふみ頑張りうどん】

テイマーに頼まれた小さな魔物達が一生懸命《いっしょうけんめい》踏んだうどん。少し踏みが足りない気もするけど、健気《けなげ》な魔物達が一生懸命踏んだのでソレは些末《さまつ》ごとかと思われる。レア度＋3。満腹度＋12％。

【製作者】ツグミ（プレイヤー）

◆　◆　◆

ええと餃子を3分の1くらいルリちゃん達の分にして、うどんは半分くらいがいいかな？

茹でてないけど茹でるくらいは出来、出来……出来ないかも。

取り急ぎ、ルリちゃん達のだけでも茹でておこう。

出来たものは保管箱に入れて、これで終わりだな。

「ねぇ～ツグ兄ぃ～、味見っていうお手伝いも出来るよ！」

「むしろそれが目的で手伝ってた」

「……なるほど、なるほどなるほど」

涎を垂らしそうな表情でヒバリが俺の手元を見ながら言い、ヒタキもヒバリの言葉に頷きながら言い放つ。

美味しそうな匂いが部屋の中を満たしているので、出窓にいるリグ達もそわそわチラチラとこちらを見ているような気がする。

2人の言葉に何となく納得した俺は1人ぶんずつ餃子を皿に分け、お手製餃子タレをかけていただきますをする。

ヒバリとヒタキに小桜と小麦を任せ、俺はリグとメイと一緒。

刻んだネギと煎《い》りゴマを入れた甘酢ダレが、肉ましましな餃子をさっぱり気味にしている。けど重たいから胃が弱ってる人にはお勧め出来ないかも。

「ログアウトしたらルリちゃんに教えてあげないと」

「今はログインしてないからね。餃子とかあるって知ったら喜ぶ」

「はぁ～、ツグ兄ぃの餃子おいひぃ～！」

ヒバリとヒタキの会話を聞きながら、皿に残るタレすら惜《お》しいと舐めて、口の周りをタレ塗れにしたメイとリグを見てしまう。

美味しいと全身で言ってくれるのは嬉しいけど、何となくアレなのでインベントリから布を取り出して口を拭く。

(*´ェ`*)ノ

「めめっ」

「はは、どういたしまして」

口を拭ったメイから多分美味しかったよって感じの顔文字が出てきたので、軽く笑いながらメイの頭を撫でる。ふわっふわだ。

食べ終わったリグはササッと俺の頭に上り、満足そうにひと鳴き。

よし、食べ終わった皿をインベントリにしまって試食会は終わり。

そうだなぁ。ログアウトしたらあとでヒバリとヒタキから教えてもらいつつ、ギルドルームのアレソレを整える構想でもしよう。

ルリちゃんとシノのおかげなのか、ポイントが増えてアレやソレが出来るみたいだ。詳しく聞かないと分からんけど。

「さってさて帰ろ〜、ロ、ロ、ログアウト〜♪」

俺の支度《したく》が遅いのかヒバリの興が乗ったのか何なのか、調子がズレた歌を歌い始めてしまった。

　忘れ物やや忘れがないかなどを確認し、ギルドルームから出ると、日が陰ってきた草原に出る。

　魔物がいないから良いけど、この出方も少し危ないかもしれない。

「いつも通り噴水広場でログアウト、だな」

　ヒタキ先生に魔物がいないか探ってもらいながら小都市に帰る途中、俺の小さな言葉に反応したのはやはりヒタキ先生。

「ん、安心安全噴水広場。戦争が起きても壊されない」

「え、そ、そうなんだ……」

　噴水広場の豆知識的なものを教えてもらい、俺は動揺しつつも頷いてみせる。

た、確かに無くなったら困るからな。うん。

　さほど遠出はしていなかったので、暗くなる前には小都市バロニアへ帰ることができ、時間にも余裕があるから店を冷やかしたり、面白そうなものを買ったりしながら噴水広場へ。

　もちろんギルドにも寄って魔物討伐の精算も忘れない。

【海寒天草】

波打ち際《ぎわ》に漂っている海寒天草。どこまでも大きく育ち波に揺られる様は普通に怖いけど、魔物では無いので無害な草。普通の天草《てんぐさ》と何が違うのか……。


【ブラッディベアの肉塊】

ブラッディベアの特徴はなんと言っても、しっかり火を通しても真っ赤な肉質を持つこと。味は他のベア系よりも臭みが少なく、熊肉初・心者におすすめ。ただし、焼けているのか生なのか分かりづらいため気をつけなくてはいけない。生肉は色々とマズい。


【ハニーアントの蜜腹】

森の奥深くに巣を作ると言われているハニーアントの蜜腹。腹と名は付いているが、実際は蜜を溜めるための袋。驚いたり敵に襲われたりすると蜜腹を置いて逃げる。アント系の魔物の中では小柄で攻撃する手段も皆無《かいむ》なので、討伐は出来るだけ避けてあげたい系ナンバー1。


【お手製携帯食】

雑穀《ざっこく》やハチミツなど様々なものを混ぜ合わせて固め、香ばしく焼き上げた一品。あのマズい

携帯食とはオサラバ！　かと思いきや、値段が嗜好品《しこう》一歩手前なので特別な日にしか食べられないかもしれない。レア度＋4。満腹度＋8％。
【製作者】クク（プレイヤー）、リリ（プレイヤー）

特にこの４つが面白かったかも。ヒバリが海寒天草を掲げたとき、ちょっとだけ他人の振りをしたかったのは内緒。

面白そうな食材も買ったけど料理はまた今度。

色々と手をかけないといけない食材もあるからね。楽しそうにしているヒバリとヒタキには悪いけど。

ログアウトするためにリグ達を【休眠】にして休ませ、いつもの恒例となっているやり忘れが無いかなどを確認してから、俺がログアウトのボタンをポチリ。

タイマーしてあるからお風呂入れるぞ。

◆　◆　◆

すぐ目を開いてから凝《こ》り固まった体を解《ほぐ》すため、グググッと伸びをする。

そんなことをしていたら雲雀と鶲もいつの間にかログアウトしていたらしく、俺と同じように伸びをする。

ストレッチすると体が軽くなった気がして気持ち良いんだ。


「明日から学校だし、これ片付けたら風呂入って寝ろよ」

「は〜い！」

「ん」


沸いているか確かめるためにチラッとお風呂パネルを見つつ、言われる前にヘッドセットを片付け始めている雲雀と鶲。

雲雀が元気な返事をするかたわら、鶲は短い返事と頷き。それを見た俺はよしよしと心の中で頷き、夕飯の食器を洗うためキッチンへ。

食器を洗っているとそうそうに片付け終わった雲雀と鶲が連れ立って沸き立てお風呂へ向かった。

食器を洗い終わって細々とした家事を片付けていると、上がったらしく、ホカホカした状態でリビングに現れる。

俺はそんな2人のために飲み物を用意しておいた。

「ありがとつぐ兄ぃ！　くぅ〜、お風呂上がりは飲み物が体に染み渡るよ！」

「ん、失った水分補給《ほきゅう》大事」

親父くさい雲雀と的確な鶲の言葉に軽く笑いながら、飲み終わったんなら早く寝な、と言い、２人からコップを受け取る。

お休みという言葉と共に2階へ上がっていく雲雀と鶲に返事をしつつ、俺も寝るため今やっていることをさっさと終わらせないと。

ええと、戸締まりも確認したしパパッと風呂に入って寝る準備も終わったし、明日の朝食は決めてあるし……やり残しは無いはず。

ぼんやり考えごとをしながら2階へ上がり、雲雀と鶲の部屋を通り過ぎた隣の自室へ入った。

布団に入る前にきちんと起きられるように目覚まし時計をかけ、ホカホカしてウトウトしていた俺はハッと目を見開く。

そうだ、そう言えば、次の日曜日は両親が帰ってくるんだった……と。

でもまぁどうとでもなるか、と目を閉じ俺は寝るのだった。

R&M攻略掲示板

【ロリは永久に】LATORI【不滅なのだ！】part10

（主）＝ギルマス
（副）＝サブマス
（同）＝同盟ギルド

1:かなみん（副）
↓見守る会から転載↓
【ここは元気っ子な見習い天使ちゃんと大人しい見習い悪魔ちゃん、生産職で女顔のお兄さんを温かく見守るスレ。となります】
前スレが埋まったから立ててみた。前スレは検索で。
やって良いこと『思いの丈を叫ぶ・雑談・全力で愛でる・陰から見守る』
やって悪いこと『本人特定・過度に接触・騒ぐ・ハラスメント行為・タカリ』
紳士諸君、合言葉はハラスメント一発アウト！
上記の文は大事！　絶対！　お姉さんとの約束だ！
・
・
・
181:夢野かなで
>>169　お知らせにきてるよ。すごい楽しみ！　みんなめっちゃ頼

書き込む　全 部　＜前100　次100＞　最新50

R&M攻略掲示板

むよぉって要望出してたからね、当たり前だね。

182:黒うさ

この間、剣の真ん中がくの字に曲《ま》がった鋭角《えいかく》の剣ってのをドロップしたんだよ。MPで狩猟犬が召喚《しょうかん》出来るらしいよ。wktk！

183:焼きそば

今日の夕飯なに食べるか悩む。

184:ナズナ

>>167　大丈夫大丈夫。ほら、オレらロリコンだし。

185:空から餡子

ミティラス国は良いとこだ。面白い食材が集まっている。ただひとつの難点《なんてん》はおいどんが料理出来ないことでごわす。無念。だから新たに実装《じっそう》されるアレには胸が高まるでごわす。

186:もけけぴろぴろ

>>181　俺の貯《た》めてた資金が火を噴《ふ》くぜ！

187:白桃

近日開催予定のギルド戦とか、近日開催予定の防衛戦とかのが楽しみ。一握りのロリコンが頭のおかしな戦闘能力持ってるし、とても面白いことになりそうな予感。

188:iyokan

いっぱい美味しいの食べたい。じゅるり。

189:つだち

あ、お兄様方がログインなされたみたいだ。
いらっしゃい～。

190:さろんぱ巣

>>182　え、それ有名なおティン犬？？？？？

191:ちゅーりっぷ

ギルドにまず行くのはイイゾィ。皆も受けられるクエスト数に制限があるからお兄さん達を見習うとイイゾィ。

192:甘党

ロリが降臨《こうりん》すると露骨《ろこつ》に書き込み少なくなるの草。

193:わだつみ

>>184　何も大丈夫そうなところが無い件について。まぁ、自分も

ロリコンなんで多分ダメです。実は最近お兄さん属性も開発されてきたので絶対ダメです。

194:こずみっくZ
>>183　あとでコッソリ愛用のお料理サイト教える。

195:密林三昧
VRMMO全盛期のこのご時世、ポチポチゲーのソシャゲにちょっぴりハマってしまった……。通勤中とか暇潰《ひまつぶ》せてええねん。

196:中井
>>192　もう自分らは業《ごう》が深いからね。仕方ないね。

197:ましゅ麿
魔物退治かぁ。お金はいくらあっても足りないからなぁ。運が良ければ金塊《きんかい》落とす魔物がいるけど、ホントに運が良くないとダメだし、討伐数と素材で地道に、の方が良い。マジ悩ましい。

198:黄泉の申し子
>>186　ためてた、しきん……？　しきん……？

R&M攻略掲示板

199:NINJA（副）

おれらがワイワイ話している一方、ロリっ娘ちゃん達はアイビットさんをキャンプファイヤー化しているのだった。萌《も》え萌え！

200:氷結娘

>>192　ロリっ娘ちゃん達に癒やしを求めたギルドだからログインしたらそっちにかかりっきりなんじゃ。そしてギルメンみな同志じゃから。俺もロリっ娘ちゃん達を見守るぜヒャッハー！

201:sora豆

仔狼ちゃんおらずとも羊たんおるから殺意が高いナリ。

202:フラジール（同）

キャンプファイヤーくんナムナム。

・

・

・

299:餃子

>>281　みんな言ってるけど俺も言うわ。こwwwわ！　てか、こっわ！　って打とうとしたら間に草生えた。

R&M攻略掲示板

300:コンパス
豚っぽいオークとイノシシっぽいオーク、どっちでも良いかなって思うけど憎《にく》たらしいからイノシシっぽいオークの方がよりよく倒せる。この前、俺んちのミカンたらふく食べたオークは猟銃《りょうじゅう》の餌食《えじき》になりました！　んでハムにしてやったわ！　くっうま。

301:かるぴ酢
もうロリっ娘ちゃん達が何してても癒やされる体になっちゃった。

302:かなみん（副）
>>294　それはね、乙女《おとめ》の秘密ってもんさ。

303:sora豆
おい！！！！！！！　そう言えば！　ギルドルームに隻眼《せきがん》巨腕熊の剥《はく》製《せい》を置いたの誰！　目の前にログインしてめっちゃビビったんだけど！　腰抜けたしちょっぴり泣いたんだけど！！！！！！

304:こずみっくZ
この森にもハニービーいた。ハチミツください。

305:氷結娘
ニラ？　ニラなのか？　ニラなんだなロリっ娘ちゃん達！　ロリっ

書き込む　全部　＜前100　次100＞　最新50

R&M攻略掲示板

娘ちゃん達がニラを毟ってキャッキャしてて嬉しい。用途《ようと》としてはあまり思いつかないけどいっぱい食べるんだよ。ホロリ。

306:ましゅ麿
>>298　おいらたちの本質に気付いてしまうとは……。でもまぁ、運営が何も言ってこないなら大丈夫。ここの運営、未成年への配慮は一番手厚《てあつ》いと思うし。マジで。

307:黄泉の申し子
ニラ両手に持って笑顔のロリっ娘ちゃん可愛い。まさに天使。

308:焼きそば
ニラが麺《めん》のニラーメンを昔食べた俺の心を抉《えぐ》るのはやめてください。普通においしかったけどね！　口臭というより口がむしろニラ！　って3日はなってた。おいしかったけど。

309:夢野かなで
>>300　イノシシを1匹たりとも絶対に許さないという意思を感じます。イノシシ絶対コロコロマンの誕生《たんじょう》ですね。ぼたん鍋。

310:ナズナ
乙女とは……？　（哲学）

書き込む　全部　＜前100　次100＞　最新50

R&M攻略掲示板

311:空から餡子

>>301　おれもおれもー！

312:魔法少女♂

>>303　ごっめ〜ん☆☆★カッコいいかなって買ってインベントリで塩漬けになってたの飾《かざ》っちった★★☆お詫《わ》びにあげる☆★★

313:もけけぴろぴろ

ロリっ娘ちゃん達の姿見えなくなると途端に書き込み始めるギルメン達は鑑《かがみ》や。今のうちに周辺の魔物狩り尽くしちゃお！

314:iyokan

>>300　今の時代でもまだまだ被害あるってニュース見たわ。あと猟銃持った女騎士想像しときますね。

315:つだち

ロリっ娘ちゃん達のギルドルームを快適な空間にするのはなかなか骨が折れそう。改装のポイントがかなり重いし。是非《ぜひ》ともNPC雇《やと》えるまで改装してほしいところ。メイドさんはイイゾ！

316:中井

小鬼ちゃんと眼鏡さんは、一体いつになったらロリっ娘ちゃん達と

書き込む　全 部　<前100　次100>　最新50

合流するんだろ。前に見たとき南へ爆走《ばくそう》してたから……。

317:ちゅーりっぷ

はぁ〜、ここで読む本は最高。入り浸ったら1日100冊とか読めそう。

318:甘党

>>310　その人が乙女だと思うなら乙女なんじゃよ。

319:プルプルンゼンゼンマン（主）

野良《のら》パーティーで、めっちゃバフ上手い吟遊詩人の人がいたから、すぐフレンドになったよね。
歌も上手かったし野生のプロってすげぇ。人を管理するのが好き、ってオレらと似たような変態だったけど。

320:こずみっくZ

今さらだけど行者ニンニク。

321:さろんぱ巣

>>313　うちもすぐ行く！　安全はうちらが守る！

R&M攻略掲示板

322:sora豆

>>312　んなもんいらねぇよ！　くそっ、こうなったらフリルとレースで可愛く飾り付けてやるクマー！！！！！！！

323:白桃

用事あるからロリっ娘ちゃん達がログアウトしたら自分も落ちます。色んな機能早く来て欲しいなぁ。楽しみ。

324:フラジール（同）

>>315　イイゾイイゾ。執事《しつじ》さんもイイゾ。

325:棒々鶏（副）

>>319　さいごのいちぎょうでだいなしじゃまいか。

書き込む　全部　＜前100　次100＞　最新50

ある意味いつもと同じように、LATORIメンバー達は書き込みを続けていく……。

◆　◆　◆

ぴょぴょぴょぴょん、ぴょぴょんぴょぴょ、と良く分からない音が寝ている俺の枕元で鳴り響く。

これは雲雀と鶏からもらったあの目覚まし時計で、不意を突くかのように変な音が鳴るのだ。

雲雀と鶏からの贈り物だから何があっても不思議じゃない。

いまだに鳴り響く目覚まし時計を手探《てさぐ》りで止め、もう少し寝ていたい気分を振り払うために体を起こしてゆっくりと伸びる。

よし、今日もたくさん食べるであろう妹達のために頑張ろう。

そう思った俺はパパッと身支度《みじたく》を整え、キッチンへ向かいエプロンを着用する。

「朝はどうしても、質より量になってしまいそうだ……」

質を高めて量を増やすのは、ちょっと俺には難しい。雲雀と鶲が朝から朝練《あされん》でガッツリと動く、って言うのもある。永遠の課題と言うことで横に放り投げておこう。

そんなことより朝食を作る方が先だ。

昨日買い物に行ったから食材は使い放題なわけで、いつも通りかもしれないけどみそ汁と具だくさんのオムレツに浅漬けと白米が今朝《けさ》のメニューだ。

そうと決まれば早速取りかかろう。

お腹を空《す》かせた雲雀と鶲は待ってはくれない……いや、出来るまで待ってるけどそんな感じで。

着々と朝食の準備を済まし、浅漬けをビニール袋に入れて揉んでいると、２人が上の階から下りてきた。

浅漬けはタレを使わず、シンプルに塩昆布と少量のだしの素《もと》。

あ、昼ご飯はもう少し塩昆布足した浅漬けをご飯の上に置いて、濃いめに淹《い》れたお茶を注いでお茶漬けにしよう。絶対に美味しいはずだ。


「おっはよー、つぐ兄ぃ！」

「今日もご機嫌麗《うるわ》しゅう、つぐ兄」

「お、おぅ。おはよう」

少々別のことを考えながらもきちんと手は動き、リビングへ入ってきた雲雀と鶲の挨拶に遅れながらも返す。

と言うか鶲よ、たまにその挨拶をするのは何故なんだろうか。

思春期？　反抗期？　分からん。

カウンターに置いてある朝食を雲雀と鶲に持って行ってもらい、俺は飲み物を持ってキッチンからリビングへ。

あとはもう、3人でいただきますをして、お腹がいっぱいになるまでたらふく食べるだけ。

とは言っても、雲雀と鶲はこのあとすぐに朝練があるからそこまで食べないけど。

いや、雲雀はお腹がはち切れるまで食べるんだ！　とか言っていたような……気のせいにしておこう。


「今日は美紗ちゃんもゲームに参戦だよ、楽しみだね」

「狩り三昧《ざんまい》かもしれない。だがそれも良い」

「つぐ兄ぃの料理、ギルドルームにあるって言ったら瑠璃《るり》ちゃんビックリするかなぁ？」

「する。学校でいきなり話すと良い反応もする。楽しみ」

「だね～。良い反応するもん、瑠璃ちゃん」

雲雀と鶲が楽しそうに、美紗ちゃんと瑠璃ちゃんのことについておしゃべりする。

まぁ美紗ちゃんのことは良いけど、何故か２人は瑠璃ちゃんを学校で驚かせることに全力を注いでいるらしい。お手柔らかにな。

楽しくしゃべりながらも手早く朝食は食べ終わり、雲雀と鶲は鞄《かばん》を持ってくるため２階へ駆け上がっていく。

食べたばかりなのにすぐ運動出来るなんて……。

あ、今日ゴミの日だから、２人を見送るついでに出してしまおう。

「つぐ兄ぃ、今日の夕飯はお肉いっぱいが良いなぁ。野菜も食べなきゃバランス悪いって分かってるんだけど、今日はお肉の気分！」

「はは、食べたばかりでそれか。考えとく」

「きっと今日はよりたくさん食べる、かも？　お願いつぐ兄」

雲雀と鶲の準備も俺の準備も済んで家から出ながら話していると、もう雲雀は頭の中で夕飯のことを考えているらしい。

スーパーに行ったばかりだから食材もいっぱいあるし、おねだりされたら腕を振るわずにはいられない。お兄ちゃんだからな。

行ってきます！　と元気に学校へ走って行く雲雀と鶲の背中に転ぶなよ、と言葉をかける。

聞いてないかもしれないけど、気休め程度に。

俺は集積場《しゅうせきじょう》にゴミ袋を置いて、ご近所の奥さんと少しばかりの井戸端《いどばた》会議をし、良く分からない情報を仕入れて家に帰宅する。

レモンを４５００個食べると死ぬって、そんなに食べるの無理だから。

まずは朝食の後片付けを終わらせてから、洗濯《せんたく》して簡易モップで廊下の掃除もしたいし、雲雀と鶲のためにガッツリ食べられる肉料理を考えたい。

２人は肉三昧でも良いかもだけど、栄養バランス的に野菜も同じくらい食べさせたい。悩ましい。


「……考えるのは手を動かしてでも出来る」


何だか悶々《もんもん》と唸りながら考えるさまが手に取るように分かるので、考えるのは家事をしながらと決めてキッチンへ。

甘辛く味付けした肉と一緒にタマネギを炒めてご飯にレタス敷いて丼？　あと具だくさ

んな豚汁とか、おからハンバーグも作ろう。

そしてお昼もまだだけど、白菜の浅漬けも出そう。いっぱい食べたくなってしまった。


「ん？　荷物か」


特に夕飯のことを考えながら手早く家事をしていたら、ふと呼び鈴《りん》が鳴らされる。

寝る前にもらっていたメールで、何が届いたのか分かってしまう。

玄関扉を開けて、いつもの配達員さんから手渡されたのは、ズッシリと重たく分厚い封筒《ふうとう》。

これは次のお仕事の資料ですね。そっと自室に運んでおこう。

そんなこんなで、１人で白菜の浅漬けお茶漬けを味わったり、残していた家事をしたりお風呂の準備をしたり、夕方近くなってきたら、雲雀と鶲のために夕飯の下ごしらえをしたり。

量を用意しないといけない予感がするので、素早く作らないと帰ってきてしまう。

腹を減らした２人は凄い。

ちょっと作りすぎかなと思わないこともないけど、部活帰りの雲雀と鶲なら食べてしまうだろうと謎の信頼を寄せている。

あとは味が染み込むのを待つばかり、という段階まで進んだとき、元気いっぱい腹ペコ娘の雲雀と鶲が帰ってきた。

「ただいまつぐ兄ぃ！」

「ただいま。汗だく妹、お風呂直行」

「お帰り。お風呂沸いてるからしっかり浸かれ」

彼女達は玄関で大声を張り上げ、リビングに来る間もなくお風呂場へ直行したようだ。雲雀と鶲の背中に投げかけた俺の言葉に「はーい」と返事があって、今度は聞き入れてもらえた。

お風呂から上がったら、すぐ食べられるように準備しておくよ。

お風呂から出た雲雀と鶲がリビングに来ると、俺の持てる全ての力を使って準備を終わらせた夕飯を見て目を輝かせていた。

ここが天国か、って言われてもおやつに凍《こお》らせた果物があるって言ったらどうなってしまうんだろうか。

「おからハンバーグうまうま。ケチャップだけかと思ったけど、ソースと醤油が少し混ざってる。ソースもうまうま」

「お肉うまー！　豚汁うまー！　ご飯めっちゃ進んじゃうー！」

「の、のどつまらせないようにな……」

「大丈夫！　ちゃんと味わってる！　味わって食べてるよ！」


雲雀と鶲は、勇ましい戦士のごとき食べっぷりだった。

そんなに気に入ってくれると作った甲斐《かい》があるし、次も頑張って美味しいものを食べてもらおうって気になるから、色々とありがたい。

夕食も終わり、次は雲雀と鶲のお待ちかねといってもいいゲームの準備。

たくさん食べたから動きが緩慢で、少し笑ってしまう。

ちゃんと美紗ちゃんとログインの時間を示し合わせていて、いつものようにソファーでゲームにログインする。

◆　◆　◆

目を開けると朝の活気溢れる噴水広場が広がっており、近くにパン屋があるのか香ばしい香りが漂ってくる。

夕飯を食べたばかりなんだけど、香りは別腹《べつばら》ってことで。

とりあえずヒバリとヒタキはすぐ来るから良いとして、激しく自己主張するかのようにピコンピコン鳴っているミィからの申請を許可し、リグ達を喚び出す。

(*・ω・)人(・ω・*)

「今日もよろしく頼むよ」
「「にゃ〜ん」」

ヒバリとヒタキとミィはログインしたら話すからちょっと放って置いて、リグ達に話しかけると小桜と小麦がすぐさま返事をしてくれる。

今日も頼むよお代官様、ってな。ちょっと違うか。

ピョンピョンしていたリグをフードの中に潜り込ませ、メイと小桜小麦の頭を撫でてからヒバリ達の方を向いた。

3人はもう話し合いを終えていたらしく、俺の方を見てニコニコしていた。

そしてミィが1歩踏み出し、山にある神殿へ視線を向けてより深くニッコリする。

諸々のちょっとした準備は昨日のログインのときに済ませておいたから良いとして、あとは頑張って山を登るだけかな。

戦えない人用の道と魔物が出る道があるみたいなんだけど、もちろん俺達は魔物が出てくる登山道だよね。知ってた。

「山の魔物は岩で出来た硬い魔物がいるだけで、普段とあまり変化が無いと思いますわ。ですが、この拳を思う存分振るいたいので今から楽しみですの」

「めめっ！　めぇめ！」


（｀・ェ・´）


忘れずギルドで魔物討伐のクエストを受けてから北側の門を通ると、続く道は山まで一本道なので迷うことは無い。

創世の女神を祀る神殿への道だからか、参拝客《さんぱいきゃく》や神殿の関係者らしき人達がひっきりなしに歩いている。

ヒタキも魔物への警戒はそこそこにして楽しそうに話しているんだけれど、ミィとメイが闘志をメラメラと燃やしていて……いや、これも楽しそうだから良いか。

しばらく何事も無く歩いていると、霊峰山ミールにたどり着く。

妹達から話を聞くに、ふたつの道があると思ってたんだが、長蛇《ちょうだ》の列になっている安心安全参拝道と、魔物がいるけど勝手に行けば？　のふたつか。

神殿は遠いけど、見えているので魔物が出ようとも暗くなる前にはたどり着くはず。

俺は考えるのをやめた、ってやつだ。うん。

「では、出来るだけ魔物が出現してくれるように祈りながら進みましょう！　血湧《ちわ》き肉躍《にくおど》りますわ」

「め～！」

(*´エ｀*)

狂戦士は戦うことこそ本望《ほんもう》であり喜びであり楽しみなので、茶々を入れてはいけないと思いました、まるっと。

全員が脳みそ筋肉戦法を取らなければ、大抵の敵は倒せると思うし、適当な通りやすい道を見つけて俺達は歩きだす。

ヒバリ達は幼いけど冒険者だから、止められることも無かった。保護者は一応俺です。

「ここ、道が踏み固められてるから歩きやすいね」

「戦えるならこっちの方が色々と便利。山にしかない素材もあるし、団子で歩くより随分早くたどり着く」

「いつも噴水広場におられる女神様も教会で拝見《はいけん》した女神様も優しいお姿でしたが、神殿の女神像は緻密《ちみつ》に彫られそれはそれはとても麗しい姿なのだそうです。早く拝見してみたいですわ」

「ん、女神様は世界のお母さんだから優しい姿は納得。楽しみ」

ヒタキ先生いわく、魔物はキチンと点在しているらしいけど、参拝者向け山道に近いせいかあまり寄ってくる気配は無いとのこと。

魔物は上に行くほど強くなるみたいなので、目的地付近になればなるほど、戦闘をふっかけてくるのではないだろうか。ミィとメイが喜ぶ。

まだまだ俺を含めて、楽しいピクニック気分。

気を引き締めないと、不意打ちが怖い気もしないでもないが、ヒタキ先生のスキルと小桜小麦の察知能力に全幅《ぜんぷく》の信頼を寄せているので、肩の力を少し抜いておこう。

あ、上の方に食べられてない木イチゴがたくさんある。

低木のはずなのに俺の身長くらいにまで育っており、そのおかげなのか、上の方にたっぷりと木イチゴを実らせていた。

俺が木イチゴ自動収穫《しゅうかく》機となってほどほどに摘み、少しばかりの小休憩をとる。

「ちょっと酸《す》っぱみが強いけど甘酸《あまず》っぱくて美味しい！」

「このくらいだったら駆け出し冒険者も入れるから、取れるものはあまり無い。でもこれ、身長が低いと取れないからツグ兄様々」

「ふふ、魔物を倒す前の栄養補給ですわね」

甘酸っぱくて美味しい木イチゴを食べられてヒバリ達は満足してくれた様子。

摘んだ甲斐があるってものだ。

俺も何個か食べてリグ達に分けたんだけど、メイと小桜小麦が口の周りを真っ赤にしてしまったので、インベントリからハンカチを取り出して拭う。

リグは意外と汚さないと言うか、汚れても目立たないのかもしれない。

さて、小休憩も終わり俺達は神殿を目指すために歩きだす。

大体2時間くらい歩いていると景色は変わっていき、生えていた木も少なくなり草はほとんど生えておらず、むき出しの地面と岩が目立つようになってきた。

もう1時間くらい歩くと休憩場所らしい。


「む、好戦的な魔物５匹。あれはスモールロック。通称岩団子」


石のせいでボコボコしている道で転《こ》けないよう気をつけつつ歩いていたら、ヒタキが話しながら魔物が来る方向を指で示す。

そこにはゴロゴロと転がりながら俺達へ近づいてくる、ええと、本当に岩団子のような魔物。それ以外に形容する言葉が見つからない。

「あの程度では肩慣らしにもなりませんわ。けど、わたし達へ戦いを挑むと言うのなら全力でお相手しないといけませんわね、メイ」

（｀・ェ・´）

「め～めめっ！」

ヒタキの示した方を見るや否や、我《わ》がパーティー一位、二位の戦闘狂が、すぐさま戦闘の準備を済ます。

詳しく言うとミィは即座に鉄の籠手《こて》をつけているし、メイも胸の謎モフモフ収納から黒金の大鉄槌を取り出している。

目をキラキラさせたミィとメイを俺が止められるわけが無い。

危ない真似だけはしないように、と言うと、それが皮切《かわき》りになったのか、ミィとメイが魔物に向かって走って行く。

メイはポテッポテッて感じで歩いているのか走っているのか分からないけど、メイ自身は必死なのできっと恐らく走っている……はず。

まずミィがスモールロックのところへたどり着き、動きを止めて腰を深く落とす。

利《き》き腕を引いて力を溜め先頭のスモールロックの動きに合わせ、中心に拳を叩き付ける。

もちろん魔物は死ぬ。

　ようやく追いついたメイが、そのままの勢いで黒金の大鉄槌を1匹のスモールロックへ横薙《よこな》ぎに叩き付けると、スモールロックは吹っ飛ぶことなど無く崩れ、光の粒へ変わった。

　ミィもメイも攻撃力過剰だから、このくらいの魔物だと一撃なんだよな。忘れてた。


「ふぅ。いささか物足りませんわ」

「めっ」


(´;ェ;`)


　手早く5匹のスモールロックを倒したミィとメイからの一言は、手応えが無い、だった。

　そりゃそうだと思いつつ、今日中に神殿にたどり着かないといけない俺達はすぐ歩きだす。

　上の方に行けば行くほど魔物が強くなるから、それまで我慢しておくれ。勝てなさそうな魔物に出会ったら皆を抱えてでも逃げるけど。

　何度か魔物の襲撃があったから少し遅れてしまったけど、大体1時間30分くらい歩くと、山の中腹にたどり着くことが出来た。

　中腹の登山道には大人数に向けた休憩スペースがあるから、俺達もそこを使うつもり。

　健脚《けんきゃく》に思うだろうけど一度も休まず、ずっと同じペースで歩いて来たから。

　こればかりはゲーム様々だって思うよ。

◆　◆　◆

中腹の休憩スペースは完全にプレイヤーの手も入っているようで、バーベキュースペースなんかもあったりした。

何でもありというか何というか、ホッと一息つける場所ならありがたいか。

神殿は内部で完結するようになっているとかで、店とか無いからここで買わないと無いよ、とのこと。俺達はどうなんだろう。


「……おぉ？　これはこれは」


荷物をたくさん積んだ馬を引く商人達の間を縫《ぬ》って歩いていると、地面に布を敷き商品を広げている人がいた。

少し興味が湧いてしまったので覗いてみると、雑多な商品の中にプレイヤーが製作した品があることに気付く。

かっちり包装紙で包まれ、ひとつの面に大きくカレー粉と書かれている。

店主に聞けばここでカレーとやらを作れば絶対売れるから！　とお料理ギルドの人がオ

ススメしたので、若干引きながらも安かったし仕入れたとのこと。

カレーを作るにはスパイスやらの調合比率が面倒だから、助かったとしか言いようがない。

いくつかの細々したものと一緒にカレー粉を買う。

俺が買ったものを見たヒバリが目を輝かせたけど、ここで騒ぐわけにはいかないので必然的に人が少ないバーベキュースペースへ行く。

そう言えば最近、カレーやってなかったなぁって。


「ひぃちゃん！　あの、今からカレー食べても時間足りる？」

「ん？　か、カレー？　大丈夫、だけど？」

「うひょー！　ツグ兄ぃ、カレー食べたいよぅ」


ヒバリがヒタキにいきなり聞くからヒタキが珍しく怪訝《けげん》な表情をした。

一方で、理解したらしいミィが、「あぁ」って表情を浮かべ、何だか混沌《こんとん》とした空間が出来上がってしまった。いつものこと。

カレーを作るには、野菜もあるし肉はブラッディベアの肉とオーク肉少量とその他、だけどミンチにすれば良いとして、ご飯を炊くにはお米が心許《こころもと》ないってレベルでは無い。

スライムスターチでナンでも、いや、作ったうどんがあるからカレーうどんにするか。

それならわりと早く作れるはず。

場所もちょうど良いところだし、決まったのであれば早速取りかかろうとインベントリを開く。


「準備するから火おこしは頼む」

「むふー、火の扱いはこのヒバリにお任せあれ！」


食材を取り出しながらヒバリに言うと、とても良い返事があって、少し笑ってしまう。

美味しいものを食べるためなら何でもするその姿勢、良いとお兄ちゃんは思うぞ。

ええとバーベキュースペースとは言っても、大きめの木製テーブルと両側にベンチ、その近くには火おこしスペースと雑に置かれた乾いた木材があるだけだ。

それでも料理を作るには十分すぎるのでありがたく使わせてもらおう。当たり前だけど出来るだけ綺麗に使おう。

ヒバリとヒタキが火おこし組で俺とミィが料理組。

リグ達は近くでのんびりしてもらうとして、俺は木製テーブルに食材や道具を広げて下ごしらえから。

ちなみに手から離れたものは消えてしまうルールは、今では様々な要因に紐付《ひもづ》けしたりして緩和《かんわ》されている。

便利な世の中になったものだ、なんてな。


「ミィはこの肉とこれとこれ、一緒くたにミンチで」

「力に物を言わす作業はお任せくださいまし、ツグ兄様」

「……作業は優しめで頼むよ」


わりと簡単で力のいるミンチの作業を頼んでみたんだけど、やる気に満ち溢れグッと拳を握り粉砕《ふんさい》しそうな勢いだった。

俺の苦笑いに気付いたのかハッとし、通常営業に戻ったようでトントンとミンチの生産に励《はげ》むミィ。

俺も野菜の下ごしらえをやってしまおう。

普通にジャガイモ、ニンジン、タマネギ、あと魔物がドロップした美味しそうなキノコとトウモロコシみたいな木の実。

今回はカレーうどんにするから野菜は小さめに切って、カレー粉の味次第だけど濃いめに味付けし直したり、スライムスターチでとろみを付けたり。

「いよっし、これで私達のカレーは確定したね！」

「ツグ兄とミィちゃんを見るに、ミートボール式野菜カレーうどん。リグ達の踏んだうどん、きっと凄く美味しい」

　俺達よりも先にヒバリとヒタキの火おこしの方が早く終わったらしく、２人が楽しそうに話している声が聞こえてきた。

　２人が食べたいって言ったからカレーを作ってるのに、肉じゃがとか作りそうに見えたんだろうか。肉じゃがも美味しそうだけど。

「ミィちゃんも頑張ってミンチってるもんね。楽しみだぁ」

　ミンチってるとはなんぞや？　と思ったけどそれは放っておく。

　ミンチを作っていたミィを見てみれば、彼女は全てをやりきったような表情でボウルに入れたミンチを俺に見せニッコリ。あ、鍋の用意もしてもらおう。

　今回はカレー粉のお試しって感じもあるので、鍋は小さめだけど力持ちミィに頼む方が確かなのでお願いする。

カレー粉の端っこを削って味を確かめてみたら、インド系のカレーではあるものの日本系にも寄せている。少し辛みが足りないかも？

もう少し濃いめに味付けしたら、凄く美味しいカレーうどんになるはず。

あとは自分でパパパッとやってしまうから詳細は省くんだけど、とても良い香りで数少ないスペースにいた人達がそわそわしていたので、そこで売っていたと教えたら走って行った。

あの人達、干し肉を炙《あぶ》ってた人なんだけど……カレー味の干し肉も美味しいか。多分。


「んん～、美味しそう！」

「メイ、わたしと一緒に食べましょう。一緒に食べてこのあとに遭《あ》うであろう、まだ見ぬ強敵と戦う力を付けねばなりません」

「めっ！」

(｀・ェ・´)

涎が垂れてヒバリがどうしようも無くなる前にいただきますをしないと。

ミィとメイはいつも通りだけど、メイの口元がカレーで面白いことになるだろうから、そっとハンカチを渡しておく。

って、小桜も小麦も白い毛並みで危ないから、ヒバリとヒタキにも袖という名のインベントリからハンカチを出しておこう。俺もリグ用に持っとこ。

【ミートボール入りとろ～りお汁のカレーうどん】
夢のようなたくさんの具材が入ったカレーうどん。丁寧に刻まれたミンチのミートボールがポイントになっており、スライムスターチでつけたカレーのとろみもたまらない逸品《いっぴん》。踏み踏み頑張りうどんも良い味を出している。レア度＋４。満腹度＋20％。
【製作者】ツグミ（プレイヤー）、ミィ（プレイヤー）

少し肌寒くなってきた山の中腹で食べるカレーうどんはホッと落ち着かせてくれる力が宿っている……気がする。

俺達のリアリティ設定は全くと言って良いほど皆無だから、本当に気の持ちようだけどね。

カレーうどんは今度、時間が合えばルリ達にも食べてもらいたいひと品。

憩《いこ》いの一時を過ごした俺達は、そろそろ出発しないと暗くなる前にたどり着けなくなる、と言うヒタキの一言で、急いで準備をして出発する。

後片付けが楽でこれほど便利なのはゲームだからなんだけど、時間が掛からなくて本当に助かるよ。

また参拝道から外れつつ神殿への道を歩くんだけど、見晴らしが良いから魔物の数もさほど多くない。

つまりあまり戦えずにミィとメイがめっきり落ち込んでしまい、何とも言えない空気が流れてしまう。こればかりは俺が相手になっても瞬殺《しゅんさつ》だし。

そんなこんなで歩くこと1時間、救いの神様もとい魔物がネギを背負《せお》ってやって来てくれた。

先ほど戦ったスモールロックと、1段増えたロックと言う魔物、2段増えたビッグロックと言う魔物。

数は全部で10匹は超《こ》えており、ミィとメイのテンションが上がっていく。少しは歯ごたえあってくれ。そう願わずにはいられない。

◆　◆　◆

まるで三色団子のようなビッグロックを相手にしたメイがとった行動と言えば、ダルマ落としのように2段岩を叩き壊して、スモールロックにしたこと。

顔胴体足って感じでは無かったのか。

2段壊されても、自分はスモールロックでしたけど？　って顔して動いていたが、メイの大鉄槌の前では為《な》す術《すべ》もなく倒されて光の粒となり消え去った。

「めっめめぇめ！」

（｀・ェ・´）

「あらあら、わたしも負けていられませんわ！」

ぼんやり見てたら全部メイに倒されてしまう、なんてニュアンスを感じ取ってしまったけど多分合ってると思う。

ミィも手近なロックに振りかぶった拳を叩き付け、あっという間に倒してしまった。

戦闘狂のミィとメイは若干物足りなさを感じている様子だが、いったんこれで落ち着いてくれるらしい。

今では道行く魔物全てに喧嘩《けんか》を売りかねない雰囲気も薄れ、神殿への道を少しばかり急ぐ。

だけど、向こうが売らないと言ってても買わないとは言ってないので、何度も魔物と戦闘することになるんだ。

もちろんミィとメイが喜び勇んで対応するんだけど。楽しそうで何より。

スモールロックなどの魔物からドロップするアイテムは砂やら石やら砂利《じゃり》やら、何に使えば良いのか悩んでしまうものばかり。

地面に穴でも空《あ》いていたら埋めるのに使えるかもしれない。

インベントリも若干の空《あ》きはあるし……と言うかヒバリ達に持たせておこう。合言葉は何の役に立つか分からない、で。


「お、あれが神殿だね！」

「白亜の神殿は遠目からでも目立つけど、近いと迫力満点」

「神殿と言いますと、厳粛《げんしゅく》なイメージでしたのに開放感と言いますか、親しみが感じられる雰囲気ですわ」


魔物に喧嘩を売られつつ進み、俺達は神殿にたどり着くことが出来た。

神殿の中には、神殿関係者や巡礼者《じゅんれいしゃ》、観光客も多々見受けられる。

俺も含めて外観《がいかん》をたっぷり見渡したあと、神殿の中へ入ろうと歩きだす。

プレイヤーがいつもお世話になっている魔物が寄ってこない女神像の本元だからか、魔物が神殿近くではピタッと出現しない。

だからこんな時間でも人が落ち着いた様子なんだろうけどね。


「わぁ。壁一面、天井一面すごい綺麗！」

開け放たれた神殿の中に入れば、外と同じくらいの明るさで俺達を歓迎してくれている。

パッと見た壁にはたくさんの女神と一番大きく女神エミエールが描《えが》かれており、推察《すいさつ》するに世界を創《つく》ったときの話の絵かな？

天井はモザイクアートで様々な花が咲き誇り神殿の豪奢《ごうしゃ》さに拍車《はくしゃ》をかけている。でも嫌みな感じは無いから不思議だ。

入って良い場所とダメな場所が明確にしてあって、観光客は出入り口から真《ま》っ直《す》ぐ進んだ礼拝《れいはい》場所まで。

許可と言うか事前に申請しておけばその限りでは無いらしく、シスターに連れられツアー客のように色々な場所へ歩いている人達を見かけた。

わ、入り口近くの奥まって良く見ないといけない場所に、ギルド出張所があった。

受付がひとつしか無い駅の売店ほどの広さで、中で働いている人も１人。

もちろんＮＰＣなんだけど俺の視線に気付いたのか、目が合うと笑って手を振ってくれた。

もしかしたらお世話になるかもしれない。

「おぉ、女神エミエール様の像。これまで見た中で一番綺麗」

「ええ、全ての母と言っても過言ではないお優しい姿ですわ。お美しくとも親しみを感じます。わたし、憧れてしまいます」

「崇《あが》め奉《たてまつ》られるのも納得の美人。さすめが」


俺達はわりと大所帯なので礼拝場所の端っこに寄って周囲をキョロキョロと見渡す。

ここは質素にしているのか、出入り口ほど豪華さを感じない。

柱にさり気《げ》ない彫刻《ちょうこく》など施されているんだけど、こっちもこっちで色んなえげつなさを感じてしまう。どちらも同じくらい貴重《きちょう》でお金かかってるんだろうなぁ、と。語彙力が欲しい。


「あ、これ状態異常の花か」

「幽暗《ゆうあん》のロートスだね。状態異常を回復するアイテムになる珍しい花！　いっぱいでも濃い匂いにならないんだねぇ」


ふんわりと香ってきた優しい匂いの方へ視線を向けると、壁際《かべぎわ》に豪華になりすぎない量の花が入った花瓶《かびん》が飾られていた。

それには見覚えがあったのでふと呟いたのをヒバリに聞かれ、輝かしい笑顔と共に花のことについて教えてくれる。あぁ、そんな名前だったけ。

でもロートスって蓮《はす》の花じゃなかったか？　端折《はしょ》って言うなら地下茎《ちかけい》が蓮根《れんこん》のやつ。

あれ？　山でもふんだんな水と良質な泥《どろ》があれば出来るんだっけ？

ま、まぁファンタジーだからって便利な言葉で片付けよう。今は可憐《かれん》な花に癒やされておこうか。良い匂いだし。

そしてせっかくの礼拝所なのだから祈っていこうと言うことになり、後ろの端っこの長椅子に座り込む。

メイ達も俺達の足に乗せ、ゆっくりとした時間をたっぷり使うように目を閉じてお祈りタイム。

何となく日本人だから黙祷《もくとう》という言葉が浮かぶが、大体合っていると思うので口に出さなかった。絶対ヒバリが笑うだろう。

『ふふ、いらっしゃい』

「！」

耳元で優しく染み渡るような女性の囁きが聞こえ、ハッと目を見開き周囲を見渡すも、俺の近くには妹達しかいなかった。

その妹達も何を祈っているのかは分からないけど、俺に悪戯《いたずら》をした様子はない。

今の絶対、大人の女性の声だった。モニカの教会でスキルをくれた……。

女神様ってお茶目って話をどこかでした気がする。

ヒバリ達が囁いた様子は無いし、俺の様子にメイが心配そうに見上げてきて「何でも無いよ」とゆっくり頭を撫でる。

これはメイが喜んでくれるし、俺の精神安定にも繋がるのでｗｉｎｗｉｎ。

ちょっと疲れた気がする。気がするだけだけども。


「ん、お祈り終了」

「ツグ兄様はわたし達より早く終わっていたみたいでしたが、何をお祈りしたのですか？」

「そりゃもちろん、家内安全無病息災《そくさい》かな」

「……お、お母さん！　ツグ兄ぃはお母さ、たぁっ」


すぐにヒバリ達もお祈りを終わらせたのか目を開き、ミィが俺に対して聞いてくる。

キョロキョロしてる雰囲気が分かってしまったのか。

でもいつも神社で祈ってることを伝えれば、何故かヒバリがオーバーリアクションで反応するので鼻を弾いておく。

どこからどう見てもお前達のお兄ちゃんです。

「んぐぐ、このあとどうしようか？　時間もあんまり無いよね？」

「ん、大したことは出来ない」

「わたし達は中学生ですものね。ゲームで明日を疎かにしてはいけませんわ」

空《あ》いている長椅子がたくさんあるからといっても、占領してもいい言い訳にしてはいけない。

長椅子から離れて端っこの方に移動してこのあとのことについて話し合う。

本当は神殿から出て話し合った方が良いんだろうけど、居心地《いごこち》がよすぎてもう少しだけ。

これも女神様パワーなんだと謎の納得をしつつ、３人の言葉に耳を傾けつつ頭を悩ませる。

ギルド出張所があっても本当に小さいし、作業場も無い。

外で魔物を探そうにも神殿近くにはいないし、暗くなったら強い魔物が出現するから安全な狩りは出来ない。

しばらく話し込んだ結果として、山だから満天の星空なのでは？

程よく満腹度も給水度も減っているし、安心安全の中でプチ野宿体験しようぜ！　ってことになった。

何故プチなのかは、良い時間になったら礼拝堂でログアウトするからです。

◆◆◆

色々と場所が整っているのは野宿をする人達が多いのだろう。神殿の人達が、有償《ゆうしょう》で炊き出しなんかもやっていた。


「キャンプと言ったらお肉！　串肉求む！」

「ふふ、焚き火でたしなむお茶もオツなものでしてよ」

「……2人とも、プチだからあまり凝ったのは出来ない」

神殿の中を見て回ったら結構時間が経ってしまったらしく、外は暗くなっており、満天の星空を思わず仰ぎ見る。

美しさに惚《ほう》けてしまいそうになるもヒバリ達の面白会話を耳にして笑ってしまうので、惚ける時間は無いにも等しいと思う。花より団子派が多いしな。

ええと、串肉も焚き火も準備不足なので難しい。

串肉と元気に言い放ったヒバリにはインベントリから肉料理を握らせた。

お茶に思いを馳せているミィにもインベントリから水筒に入ったハーブティーを手渡し、唯一理性的になっていたヒタキには味噌を付けたキュウリをそっと差し出す。

これくらいしか俺には出来ない。

あ、でも思い思いに適当な場所に座って食べ始めたから意外と良かった様子。

本当に良いんだろうか？

渡したとき何も言われなかったし良いのだと思いたい。

リグ達はお菓子をご所望《しょもう》だったのでインベントリから取り出し、俺達はまったりと星空の下で食事を楽しんだ。


「ヒタキ、キュウリ渡したけどそれで良かったのか？」


がっついて盛大にお菓子のカスを付けているリグ達の口周りをパパッと払いつつ、味噌がついたキュウリをじっくりポリポリ齧《かじ》るヒタキに問いかける。

野菜だから味噌キュウリでも文句は無いのか、より真顔だからちょっと分かりづらい。暗いし。

「……ん、これはこれで美味しい。瑞々《みずみず》しい」

「そうか。なら良いけど」

問いかけにヒタキは振り向き残りのキュウリを食べ、俺にも分かるようなニヒルな笑みを浮かべて片手の親指を高らかに掲げた。

適当なチョイスをしてしまって申し訳ない。でもヒタキが満足そうな表情をしているので大丈夫です。多分だけども。

ヒバリもミィも楽しんでくれたらしく、満足げな表情を見せて、帰る準備を始めてくれる。

明日もと言うより金曜日まで学校だから、早めに寝ないと、体力が持ちそうに無いと勝手に心配してしまう。

３人とも体育会系だからな。成長期だろうし。

大したことをしていないのですぐに俺達は神殿の中へ帰り、微笑む姿が美しい女神像のある礼拝所へ。

圧倒的にＮＰＣの人達が多いけど、チラホラとプレイヤーの人達も見受けられる。

ここが都市の噴水広場みたいな場所だからか。安心安全な場所は大事。

「今日もありがとな。またよろしく頼むよ」

礼拝所の隅っこでリグ達の頭を丁寧に撫でて、ウインドウを開き【休眠】ボタンをポチリ。

滅多《めった》なことがない限り毎日ログインするだろうから、明日もよろしく頼む。

これで本当に休息出来ているのかは謎なんだけど、出来ていると信じたい。

ちょっとミィが物足りなさを抱えている雰囲気を醸《かも》し出していたが、お兄ちゃんとしては君達の睡眠《すいみん》時間を確保する方が大事なので、延長《えんちょう》はダメ。

もう少し俺達と遊びたいのだとか、この胸のトキメキがキュンキュンしてだとか……でもダメです。ダメったらダメ。はいログアウト。

◆◆◆

心を鬼にしてログアウトした瞬間、目の覚めるような感覚と共に目を見開くと見慣れたリビング。

ヘッドセットを外してテーブルに置き、凝り固まった体を伸ばしていると雲雀と鶲も帰ってきたらしく伸びをひとつする。

俺は2人にここの片付けを任せ立ち上がった瞬間、パソコンからぴょぴょぴょぴょぴょとヘンテコな音が鳴り響く。

「あ、美紗ちゃんからだ」

「なんだか興奮している。とても長い予感」

ええと、どうやら通話とか出来るやつの呼び出し音らしい。

このぴょぴょって音、朝に聞いた気がするけど、俺は大人なのでスルーしておこうと思う。

ゲーマー同士の偏《かたよ》った会話について行けないし、俺は家事が残っているのでキッチンへ向かう。

あ、その前にお風呂が冷めてしまっただろうし沸かし直しておく。

シャワーだけでも良いんだろうけど、浴槽があるなら浸かりたい派だからね。

雲雀と鶲はリビングで片付けもそこそこに美紗ちゃんとおしゃべりをしており、俺はキッチンで食器洗い。他には特にすることも無いな。

食器洗いが終わった俺は濡れた手をタオルで拭きリビングへ戻り、まだまだおしゃべりが終わりそうに無い雲雀と鶲、ついでに美紗ちゃんに寝るように言う。

でも、さすがに今寝るのは早いから部屋に帰れよーって感じ。

「分かった！　お休みなさいつぐ兄ぃ！」

「ん、お休みなさいつぐ兄。第２回戦も白熱の予感」

「『つぐ兄様、お休みなさいまし』」

俺の言葉に美紗ちゃん共々一応お休みの言葉を告げて、２階へ上がっていく。

鶲の言葉から、様々なことをマシンガントークで話していく様が簡単に想像出来てしまう。

長々と話すなら怒らないといけなくなるから、程々にしてくれるとお兄ちゃん嬉しいなぁ。

とりあえず沸かし直した風呂に入って、家の施錠《せじょう》を確かめてから……あぁ！　資料読み込んでおかないと。

依頼主とは浅からぬ仲なので、話しながらで良いとして、あと明日の献立だな。

冷蔵庫に色んなものが入っているといっぱい考えられて良い。

お風呂も家の見回りも終わり２階へ上がり、雲雀達の白熱具合に水を差そうと扉をノックしても返事が無い。

そっと扉を開ければ、もう寝ていて思わず笑ってしまう。

「……わぁ、寝てる。お休み」

音が出ないようゆっくり扉を閉めて自室へ。

クローゼットに何だったかな？　あまり使わないから名前ど忘れしちゃった。

インカム的なアレを用《もち》いて、依頼主と白熱したバトルを繰《く》り広げることになるのは別のお話。

とは言っても、日付が変わる前にはぐっすり寝るのであった。

R&M攻略掲示板

【ロリは永久に】LATORI【不滅なのだ！】part10

（主）＝ギルマス
（副）＝サブマス
（同）＝同盟ギルド

1:かなみん（副）
↓見守る会から転載↓
【ここは元気っ子な見習い天使ちゃんと大人しい見習い悪魔ちゃん、生産職で女顔のお兄さんを温かく見守るスレ。となります】
前スレが埋まったから立ててみた。前スレは検索で。
やって良いこと『思いの丈を叫ぶ・雑談・全力で愛でる・陰から見守る』
やって悪いこと『本人特定・過度に接触・騒ぐ・ハラスメント行為・タカリ』
紳士諸君、合言葉はハラスメント一発アウト！
上記の文は大事！　絶対！　お姉さんとの約束だ！
・
・
・
481:焼きそば
>>473　そうそう！　お知らせに載ってたよね。大きな都市で開催

書き込む　全部　<前100　次100>　最新50

R&M攻略掲示板

するみたいだから楽しみ。アイテム買い漁らないと。

482:ナズナ

最近は戦闘職と生産職両方持ってる人も多くて色々と楽しいじょ。でもガチめの生産職の方が少なくての。悩ましいじょ。

483:夢野かなで

アイテム探索たぁ〜のしぃ〜！

484:空から餡子

>>477　間引《まび》きですな。弱めの敵と強めの敵を選別しつついい具合に倒すのはオイラ達のお仕事です。非公式だけど。げへへ。

485:黒うさ

龍族の人ってフレンドリーって聞いたけどマ？

486:もけけぴろぴろ

ロリっ娘ちゃん達ホントすこ。癒やされるよな。萌え萌え。早くログインしてくれないかなぁ。現代社会におけるオアシス。存在するだけでロリコンが浄化《じょうか》されていく。あぁ〜。

書き込む　全部　<前100　次100>　最新50

R&M攻略掲示板

487:白桃
やっぱりロリっ娘ちゃん達は神殿に行くんだろうな。あそこめっちゃやることやれることがあって楽しいから。
てか、あっこのギルド小さくて、大草原不可避《ふかひ》なんだけど。クエストも少ないからアレだけど、見てみるのも良いかも。受付の人が美人やで。

488:iyokan
>>479　そう！　ロリっ娘ちゃんよりもお兄さんにハラハラする掲示板かもしれないって古事記にも書いてあるよ！

489:ちゅーりっぷ
>>473　魔物の襲撃イベントだっけ？　その結果によって都市がヤバいことになるらしいよね。やばば。

490:さろんぱ巣
ロリちゃん達カモーン！　いらっしゃい！

491:甘党
>>485　マ。圧倒的強者の余裕かもしれないけど、めちゃくちゃ仲良くしてくれるらしい。自分で見たわけじゃ無いけどさ。スクショなら風景掲示板1194にあるぞい。う、麗しい……！

書き込む　全 部　<前100　次100>　最新50

R&M攻略掲示板

492:わだつみ
>>480　塩かけて焦げない程度に焼けばお肉は美味しいYO。

493:ましゅ麿
庶民スタイルで神殿まで行ってみようかな。ロリっ娘ちゃん達は魔物が出るとこ通るんだろうなぁ。狂戦士ちゃんおるし。

494:中井
今日は何すっかなぁ。

495:密林三昧
ロリっ娘ちゃん達は今日も元気で俺達も嬉しいぜ。

496:黄泉の申し子
料理下手は焼くなんて高等技術は出来ないんだよなぁ。

・
・
・

566:コンパス
こういう休息スペース初めて見るわ。ボクちん無駄に都会っ子だから実は山を見るのもこのゲームで初めてなんだ。花畑とかホントめっちゃ綺麗だし？　値段がちょいネックだから他の子にオススメ

書き込む　全部　<前100　次100>　最新50

R&M攻略掲示板

出来ないかもだけど。

567:餃子
人が多いと迷子《まいご》になっちゃう〜。ぐすん。

568:sora豆
>>560　可愛いからね。仕方ないね。うんうん。

569:かるぴ酢
お？

570:かなみん（副）
なんか作るの？　なにを作るの？　なにつくりゅの！

571:氷結娘
おぉ!?

572:プルプルンゼンゼンマン（主）
お兄さんカレー！　カレーなのか！　カレー作ってくれるのか！　俺にも！　俺にもご慈悲はないのか！　カレー好物なんだけど！！！　ニンジン星さんの形にしてください！　何でもしますから！

書き込む　全部　＜前100　次100＞　最新50

R&M攻略掲示板

573:黒うさ

>>564　ほんま君は面白い子やで。ちゅっちゅ。

574:焼きそば

よく分からんが美味しそうなことだけは分かる！

575:ナズナ

>>563　知ってるから正気《しょうき》に戻って！　とっくの昔に戻れないかもしれないけど戻った振りだけでもしてくれ！　うわー！

576:夢野かなで

みなが正気を失っている。祭り？　わっしょい。

577:空から餡子

最近狂喜乱舞《きょうきらんぶ》してなかったからね。久しぶりにしてもいいかもしれない。これこそ我らが境地《きょうち》！　うっほほーい！　狂喜乱舞してもいいけどちょびっとの理性は大事。

578:つだち

>>566　都会っ子！　試される大地に招待したい……。牛も羊も山羊も豚も馬もイノブタもダチョウもエミューもいるぞ！　動物園じゃ出来ないことを盛りだくさんさせたい。れっつ牧畜《ぼくちく》！

書き込む　全部　<前100　次100>　最新50

R&M攻略掲示板

579:iyokan
お家にお客さん来てて人見知りのワシ肩身が狭い。ま、ゲームするから関係無い気がすりゅけろ。

580:白桃
>>570　みんな多分大好きカレーだよ！

581:田中田
わー、キングゴブリンが宝箱ドロップしたっす！　嬉しいっす！　握り拳くらいの宝石どうしたらいいっすかね？　売り場所どこっすかね？

582:ちゅーりっぷ
おめめキラキラロリっ娘ちゃん達ホント可愛いね。守りたいその笑顔ってロリっ娘ちゃん達のためにあるんだよ。癒やされた。

583:甘党
>>575　正気じゃいらんねぇぜひゃっはー！

584:こずみっくZ
カレーおいしそうだ。コーンも入れてくれ。頼むよ頼むよ。

書き込む　全部　<前100　次100>　最新50

R&M攻略掲示板

585:さろんぱ巣
そっとロリっ娘ちゃん達についてくぜー。

586:こけこっこ（同）
>>581　壁】・ω・｀)どうも～買い取り業者やで。
・
・
・
631:棒々鶏（副）
あの可愛い笑顔で敵を力の限りぶん殴って楽しそうな仔狼ちゃんが本当に自分の推しなんですよ。ああ～スカッとする。

632:かるぴ酢
山登り楽で助かる～。

633:魔法少女♂
>>629　ぼくのおいなりさんおたべよ★★☆（ホントにあるよ）

634:コンパス
神殿、フレンドリーな雰囲気と厳《おごそ》かな雰囲気があって面白い。とりあえずいっぱいお祈りしとく。女神様めっちゃ美人だし。

書き込む　全 部　<前100　次100>　最新50

R&M攻略掲示板

635:こけこっこ（同）
>>626　ほな、宝石の買い取りは個人のチャットで行いまっせ。よろしゅうたのんますわ。涎が止まりませんわな。

636:餃子
>>628　はーい。良い子だから大人しくしてようねぇ。

637:氷結娘
やはり神殿内部に行けるのは迷惑も考えて数人程度。じゃんけんにしてしまうとござる忍者が勝ってしまうでござるでござる。でござるから殴り合いなら勝てそうでござるでござる。

638:sora豆
本当にファンタジー系のゲームで毎回言うけど風景とか凝ってて綺麗だよなぁ。ちょっと童心《どうしん》に返る気がする。ちょっとだけ。

639:黄泉の申し子
>>629　ここでご飯を催促《さいそく》してもくれるヤツなんか一握りしかいないんじゃないか？　俺も出来合いのモノ買ってきてるし。誰かセンスを、料理のセンスをください！　謎の物体Xはもう嫌だ……！

書き込む　全 部　<前100　次100>　最新50

R&M攻略掲示板

640:ましゅ麿
お兄さんに懐いてる魔物見るとホントにテイマーなりたいって思ってしまう……。運営さん職業変更アイテムまだですか？

641:中井
敵を笑顔で殴るロリっ娘ちゃん、お祈りするロリっ娘ちゃん、お肉を頬張るロリっ娘ちゃん。とても素晴らしいナリ。

642:密林三昧
ここはろりこんのそうくつ（じぶんも）

643:わだつみ
>>630　同盟ギルドも含めて～は分かったけど、どっか広いところあったかな？　俺達ただの変態の集まりだったとしても結構な上位ギルドだし。
うーん、冒険者ギルドに聞いてみるか。許可取って事前告知してたらなんとかなりそう。多分。多分な。分からんけど！

644:甘党
>>633　そういうときは（ポロン）だろ常識的に考えて。あとおいなりさん普通に食べたいからちょうだいな。

R&M攻略掲示板

645:ちゅーりっぷ

業の深いヤツらが集まっている掲示板はココですか？

646:さろんぱ巣

ロリっ娘ちゃん達はそろそろログアウトの時間かな。ゲームも大事だけどリアルの生活の方がもっと大事だからね。うんうん。ロリっ娘ちゃん達はお兄さんみたいに廃人《はいじん》になってはいけないよ。マジで。

647:つだち

眠たくなってきたからそろそろ落ちようかなぁ。

648:iyokan

明日もログインしてくれるよね。

649:NINJA（副）

>>637　自分魔法職でござるのにす～ぐ殴り合いしようとするでござるな。必中《ひっちゅう》詐《さ》欺《ぎ》してやるでござる。かかってくるでござるよ！

650:もけけぴろぴろ

>>643　じ、実は自分もなんだ。一緒だね！　キャッキャ。

書き込む　全 部　<前100　次100>　最新50

あとがき

この度は、拙作《せっさく》を手に取っていただきありがとうございます。

第十巻を執筆していて思い起こすのは、なんと言っても主人公ツグミ達のパーティーが巨石のゴーレムによって完膚《かんぷ》なきまでに叩きのめされる、初めての敗北シーンでしょう。

これまで様々なクエストを経験する中で、少しずつレベルアップしてきたツグミ達。しかし、そこに「とりあえずは、いつも通りの連携《れんけい》プレーで戦闘に臨《のぞ》めば敵を倒せるだろう」という慢心《まんしん》が生じたに違いありません。

敵を侮《あなど》り油断した結果、彼らは思わぬ反撃を食らって、全滅寸前の辛酸《しんさん》を嘗《な》めることとなりました。他ならぬ私自身、似たような痛い場面には身に覚えがあります……。

おそらくツグミ達は、このゴーレムとのほろ苦い戦闘体験をバネにして、より一層と石橋を叩いて渡る思慮深《しりょぶか》さを身に付けてくれるはずです。――目指せ、安全討伐（笑）！

そして今回は、作者の推しキャラである猫人のナナミさんが待望の再登場を迎えます。

あの、プニッとした肉球の弾むような触り心地……。それを想像するたび、もう辛抱《しんぼう》堪りません。本編には、ツグミがナナミさんに頬を押されているシーンがありますが、その絵を見ると思わず「おい、そこを代われ‼」という言葉が喉元《のどもと》から零《こぼ》れ出そうになります。

それほどまでにナナミさんは、作者の中では大好評なのです。

ちなみに、ナナミさんの相棒《あいぼう》のユキコさんは、予期せぬ同僚の尻ぬぐいのため悲しみの休日出勤ということで不在でした。――ドンマイ、ユキコさん。

それと推しキャラの話ついでにもう一体。イラストには描かれていませんが、小都市バロニアに行く途中の国境付近を見守るキメラも結構お気に入りでして。管理者寄りのＡＩが組み込まれた中立系のレイドボスで、なかなかに理不尽《りふじん》な強さを誇ります。

ただし、レイドボス用のパーティーを組めば倒せないこともないという微妙な強さがミソでして、作者的には何となく愛着《あいちゃく》を感じてしまってもいます。

もしかすると内心、自分の攻撃で吹き飛ばされたり、なぎ倒されたりしても、一向に諦めず何度も向かってくるプレイヤーの方々に対して「え、こわっ！　ゾンビよりゾンビやん……（汗）」とか思っちゃっているかもしれません。

そんなこんなで、まだまだ色々と語りたいこともありますが、この辺で終わらせていただきます。最後になりますが、この本に関わってくださった全ての皆様へ、心からの感謝を申し上げます。それではまた、皆様とお会い出来ますことを願って。

二〇二二年五月　まぐろ猫＠恢猫

アルファライト文庫

この作品に対する皆様のご意見・ご感想をお待ちしております。

おハガキ・お手紙は以下の宛先にお送りください。

【宛先】

〒150-6008 東京都渋谷区恵比寿 4-20-3 恵比寿ガーデンプレイスタワー 8F
(株) アルファポリス　書籍感想係

メールフォームでのご意見・ご感想は右のQRコードから、
あるいは以下のワードで検索をかけてください。

アルファポリス　書籍の感想　検索

ご感想はこちらから

本書は、2020年12月当社より単行本として
刊行されたものを文庫化したものです。

のんびりVRMMO記《き》 10

まぐろ猫@恢猫（まぐろねこあっとまーくかいね）

2022年 5月 31日初版発行

文庫編集－中野大樹／宮田可南子
編集長－太田鉄平
発行者－梶本雄介
発行所－株式会社アルファポリス
〒150-6008東京都渋谷区恵比寿4-20-3恵比寿ガーデンプレイスタワー8F
TEL 03-6277-1601（営業） 03-6277-1602（編集）
URL https://www.alphapolis.co.jp/
発売元－株式会社星雲社（共同出版社・流通責任出版社）
〒112-0005東京都文京区水道1-3-30
TEL 03-3868-3275
装丁・本文イラスト－まろ
装丁デザイン－ansyyqdesign
印刷－中央精版印刷株式会社

価格はカバーに表示されてあります。

落丁乱丁の場合はアルファポリスまでご連絡ください。

送料は小社負担でお取り替えします。


ISBN978-4-434-30313-5 C0193